不機嫌な魔術士とあるまじき婚約

秋野真珠

B's-LOG BUNKO
ビーズログ文庫

目　次

Contents

ディア
整った容姿で異人のため、隠れるように暮らしてきた少女。心を閉ざし、人形のようになるが、ユイの言葉にだけ反応してしまう。
ユイ・リュウ
貴族出身で、皇軍の魔術士。無愛想で言葉足らず。ディアと結婚するのは面倒だと思っていたが……!?

人　物　紹　介

Character

不機嫌な魔術士とあるまじき婚約

カク・オウ

貴族オウ家の跡取り息子。同年のユイに劣等感を持っている。

アン・リュウ

ユイの母親。ディアを一目見て気に入り、人形のように可愛がる。

ルオ・スー

ユイの同僚で皇軍の魔術士。記憶を操ることができる。

シェイ・ファン

ユイとルオの同僚で皇軍の魔術士。能力が高く、第二皇子の護衛もする。

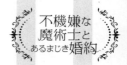

イラスト／七里慧

序章
prologue

家に帰ると、等身大の人形がいた。

しかもその人形は、瞬《まばた》きをした。


「ユイ、貴方《あなた》の婚約者《こんやくしゃ》よ！」

母のしでかすことは、大概《たいがい》頭の痛くなるようなことで。

けれど彼女なりの正義のもと行っているからこそ、言いたいことがあっても声を収めてしまうのだが、これはどうか、とユイ・リュウは久しぶりに額を片手で覆《おお》った。

「お母さん、なんですって？」

訊《き》きたくはなかったが、目の前に見間違《みまちが》えのないようなものがある以上、ユイに見えないふりは出来なかった。

声は幾分《いくぶん》、低くなっていたかもしれないが、しでかした母への対応はいつもこんなものだ。相手も慣れているのか、母のアン・リュウはまったく気にせず、宝物を披露《ひろう》するのと同じ笑顔で自分の息子《むすこ》にもう一度言った。

「こんなに綺麗《きれい》な金色の髪《かみ》に綺麗な水色の瞳《ひとみ》で、陶器《とうき》のような肌《はだ》で異国のドレスが似合う子なんて……ジョセフィーヌが本当にいた、と思ったのよ。とっても素敵《すてき》。夢みたいだわ」

ジョセフィーヌは人形だ！　と言い返したかったが、うっとりと人形のような女を見つめる母の耳に入らないことはわかっている。

母のお気に入りの人形は、確かに目の前に存在する女性に瓜二《うりふた》つだったが、感情のようなものが見当たらなくても彼女が人形ではないことは、ユイにもわかる。

「ジンにはもうお嫁《よめ》さんがいるでしょう？　別にリンが駄目なわけじゃないのよ。素敵な子だもの。でもジョセフィーヌを娘《むすめ》にしたかった私の夢も諦《あきら》められないし、そうしたら、ユイのお嫁さんがまだ決まってなかったじゃない？　だからこれで私の夢が叶《かな》うの」

ユイは頭が痛い、と呻《うめ》きたくなったが、呻いても事態が変わらないことは重々承知だ。

「……勝手に俺の相手を決めないでもらいたいですね。そもそも、俺はまだ結婚《けっこん》する気なんて――」

「どうして？　貴方のお友達だって結婚したのよ？　ユイが結婚したっておかしくないじゃないの」

「そういう問題ではなく」

「ジョセフィーヌの何が気に入らないの？」

「気に入る気に入らないという問題でもなく」

「お母さんの夢を叶えてくれないなんて、そんなひどい子を産んだ覚えはありませんっ」

「お母さん、そもそも彼女をどこから連れてきたんです、明らかに異人でしょう」

このまま捲《まく》し立てられれば勢いに呑《の》まれ、面倒《めんどう》になってどうにでもしてくれ、と言ってしまいそうになるが、さすがにユイも今回はどうにでも出来なかった。

何しろ、ここで頷《うなず》けば自動的に妻帯者《さいたいしゃ》にされてしまうからだ。

ユイは、まだ結婚など考えてもいないし、するとしてもまず目の前の人形のような女とはごめんだった。

親の情に訴《うった》える母を横目に、ユイはもう一度自分の婚約者にされそうな相手を確かめる。

金色の髪はまったく癖《くせ》のないまっすぐな髪で、腰《こし》を越えるほどの長さだった。つるりとした陶器のような肌にはシミも黒子《ほくろ》も見当たらない。左右対称の瞳は透《す》き通《とお》るような水色だが、そこには何も映してはいないようだ。

皇国《こうこく》インロンのものではない、レースやらフリルやら、異国のものをふんだんに使用したドレスを身に纏《まと》う姿は、まさに母の持つ高価な人形そのもの。

目の前で繰り広げられている喧騒《けんそう》に一片《いっぺん》の関心すら見せない表情は、やはり人形としか思えなかった。

これと結婚――？　冗談《じょうだん》じゃない。

ユイは自分の気持ちをはっきりさせたが、母は収まらなかった。

「私が助けたんだもの。ジョセフィーヌは私のものよ」

「……助けた？　お母さん、まさかまた——リュウ家の兵を動かしましたね？　皇軍に連《れん》絡《らく》も入れず？」

「連絡していたら間に合わなかったわ」

「そういう問題ではありません。もしや、この彼女を回収してそのまま——」

「粗方壊滅《あらかたかいめつ》させたわ」

満面の笑《え》みで答える母にユイは溜《た》め息《いき》を吐《つ》きたくなくて天を仰《あお》ぐ。

粗方——まだ残党がいるということだ！

ユイは後始末の面倒を考え、何かを罵《ののし》りたかったが、目の前のご満悦《まんえつ》な母を怒鳴《どな》っても意味はないと知っている。それこそ、生まれた時からの付き合いだからだ。

「……そういう時は、皇軍に連絡を、と言ってあるでしょう。いったいなんのために我々がいると思っているんです？」

「あら。貴方たちが大変なお仕事をしているのはよくわかっているわ。でも、これは急を要する案件だったのよ」

おそらく理想的な彼女を見て、いても立ってもいられなくなったが正解だろう。

ユイの想像は的を射ているだろうが、それを口にしても不毛な言い合いが続くだけだとわかっている。

どうにかしたいが、すでにどうにもならない状況《じようきよう》なのもわかっている。

後始末のことを考えながらも、とりあえず目の前のことから片付けよう、と眉間《みけん》を指で押さえながら母と人形のような女を見る。

混乱した現場を片付けるには、すべてを知《し》り尽《つ》くすことが最善だ。

これも仕事と一緒《いっしょ》だと思い直し、ユイは問いかけた。

「それで、この――彼女の名は？　まさか本当にジョセフィーヌなんて名前ではないでしょう？」

このまま抵抗《ていこう》しなければ本当に結婚させられる。それをどうにか防ごうと思ったのだが、母は息子に興味を持ってもらえたと喜んでいるのか、嬉《うれ》しそうに答えた。

「ディアよ。年は――十六になったところよ！」

「――」

ユイは珍《めずら》しく驚《おどろ》いた表情を顔に浮《う》かべた。

母が「婚約者」と言った意味も理解出来た。

皇国インロンでは、成人する十八歳までは婚姻《こんいん》の儀式《ぎしき》を受けることが出来ない。

つまり、この見目麗《みめうるわ》しい人形のごとく反応のない女は、まだ少女でしかないということだった。

1章 chapter 1

養父が亡《な》くなった。

ディアは物心ついた頃《ころ》から、ずっと母に「人を信用するな」と言われ、「モンスターに捕《つか》まるから」と教えられた。そのせいで、ほとんどの人生を隠《かく》れるようにして生きてきた。

十歳になる頃、どうしても母と別れなければならなくなり、ディアはフェイフーの神教の教師の家に預けられることになった。

そこでも、母は別《わか》れ際《ぎわ》に念を押《お》すように言った。

「誰《だれ》も信じては駄目」

「そして、見つかっては駄目」

ディアは頷《うなず》くしか出来なかった。

母と別れるのは辛《つら》かったけれど、子供のディアにはどうしようもなかった。

ただ、モンスターがなんなのかがわからず、養父に訊《き》いたところ、町の外には妖獣《ようじゅう》という恐《おそ》ろしい獣《けもの》がいるという。ディアには想像も出来なかったけれど、それが母を怯《おび》えさせ、ディアを隠さなければならないほど恐ろしい存在であることはわかった。

養父、モルは実直な男だった。教師という、神教で教徒たちを教え導く仕事をしている。

母とどんな話をして、どんな約束をしたのかはわからなかったけれど、養父もディアを人目から隠すようにして育ててくれた。

どうして自分は隠れなければならないのか。

人を信じてはならないのか。

十六になった今ではもう、なんとなく理解出来る。

ディアは、皇国《こうこく》インロンの人間ではない。

光を跳《は》ね返《かえ》す明るい色の髪《かみ》に、病的なまでの白い肌《はだ》。そして硝子玉《ガラスだま》のような水色の瞳《ひとみ》。

こんな外見では、すぐにモンスターに見つかってしまうだろう。そして異質な存在は、この国では受け入れられないのだ。

養父はディアを出来るだけ人前に出さないように、身体《からだ》が弱いからと偽《いつわ》ってまで育ててくれた。どうしても人に見られてしまう時は、目立たないよう濃《こ》い茶色の鬘《かつら》を被《かぶ》り、顔も隠すようにして、ひっそりと生きてきた。

母に言われた通り、人を信じてはいない。

深く関わってもいけない。

けれど時々、ひとりでいることが、とてつもなくさみしく感じられる。

どうしようもないとわかっていても、ディアは襲《おそ》いかかる感情の波を、必死で殺すことしか出来なかった。

別れる時、母は「いつか迎《むか》えに行くから」と告げた。

一年目はそれを信じていた。

二年目は疑い始めていた。

三年目には、希望を持たないようにした。

母がどこに行ったのか、養父も知らなかった。

ただ、養父は皇国で、神教の教師でありながら、異人であるディアをずっと匿《かくま》ってくれていた。それに感謝こそすれ、非難をぶつける相手ではない。

けれど先日、その養父が倒《たお》れた。

突然《とつぜん》のことだった。

苦しそうに胸を押さえる養父に、ディアは狼狽《うろた》え、何も出来なかった。

これまで、本当に何もかも養父に頼《たよ》っていたからだ。どうしよう、と考え、ようやく助けを呼ぶことに思い至ったのは、養父が倒れてから半刻《はんとき》は過ぎていた。

鬘を被り、大きな布で顔を隠すように頭から首まで巻いて覆《おお》う。そして家の外に出て、通りまで走った。

これまで、病気を治せるのは治癒士《ちゆし》という、魔術士《まじゅつし》だけだった。

皇国には様々な力を持つ魔術士がいる。彼らはとても特殊《とくしゅ》な存在で、人にはない力を持ち、不思議な術を扱《あつか》えるという。その中でも、治癒士の存在は際立《きわだ》っていた。

どんな病気や怪我《けが》も、たちどころに治してしまう魔術士。

目が飛び出るほどの高額な治療費《ちりょうひ》がかかるものの、命を前にして治癒士に依頼《いらい》する者は後を絶たない。

フェイフーにいた治癒士は、神教が守っていて、それを求めて信者になる者もいた。

ところが先年、皇国の第二皇子《おうじ》が出したおふれによって、強欲《ごうよく》な治癒士が一斉に粛清《しゅくせい》されることとなった。

フェイフーの治癒士もその粛清対象となったため、現在フェイフーに治癒士はいない。

代わりに治療を施《ほどこ》してくれるのが、今勢力を大きくしているという医士《いし》だ。

ディアは、まだ医士を見たことがない。

彼らは魔力《まりょく》を持たない人間で、完全に治してしまえるわけではないけれど、独自の治療法を持ち、病人や怪我人に頼られていると養父に聞いたことがある。治療費が安いことも人気のひとつだ。養父がそれをとても喜んでいたので、よく覚えている。

表の通りに出てすぐ、ディアは固まった。

医士に会いたい。

そう思ったけれど、どこに行けば会えるのかが、わからなかったからだ。

あまり人前に出ないとはいえ、知り合いがいないわけではない。

養父が神教の教師ということもあって、信者の知り合いも多少いる。ディアが顔を見せれば挨拶《あいさつ》をするくらいの人もいる。

道行く人を見渡《みわた》して、ディアは光明を見つけた気がした。知っている人がいたからだ。

「──あの」

小さな声だったけれど、振《ふ》り返《かえ》った四十代ほどの女性はディアを見るなり、顔を顰《しか》めた。

「こんなところで、何をしているの？」

厳しい声だった。

ディアを責めるのを抑《おさ》えない、剣呑《けんのん》な態度そのものだった。

「……私、養父が、倒れて……医士のところへ行きたいんです」

一瞬《いっしゅん》怯《ひる》んだものの、家で苦しそうにしている養父を思い出すと、ディアは何もしないではいられなかった。

だが相手は、攻撃《こうげき》を止めなかった。

「──あんたが！　医士様にモル教師を診《み》せろだって⁉　ふざけるんじゃないよ！　傲慢《ごうまん》なルルカにねだったらどう⁉」

「なんだなんだ……こいつは、あのモル教師のところのか？」

「モルってあのルルカの側にいたヤツだろう、まだフェイフーにいたのか⁉」

「医士様に会いたいって？　図々《ずうずう》しいヤツだな！」

女性の声を聞いた周囲の者たちがすぐに集まり、あっという間にディアは囲まれて糾《きゅう》弾《だん》された。

無理な願いであることは、ディアにもわかっている。ディアの養父のモルは、悪事を働いて更迭《こうてつ》された前教祖ルルカの側近だったのだから。

ルルカはひどい人だった。

強欲な治癒士と結託し、神教の訓《おし》えを利用して信者を集め、お金を巻き上げては欲望のままに暮らしていたのだ。

教祖として崇《あが》められてはいたけれど、人知れず働いていた悪行を第二皇子がすべて暴いたことで、フェイフーの町と神教の信者たちの知るところとなった。

皆《みな》、騙《だま》されていたのだ。

そんな男に喜んで傾倒《けいとう》していたのかと、皆は怒《いか》り、嘆《なげ》き、憎《にく》しみを募《つの》らせていた。

そして、ルルカの処分後、その怒りや憎しみはそのままフェイフーに残された教師たちへと向かう。

教師たちの中には、善人も多かった。

信者や住人から信頼《しんらい》の厚い人も多かった。

けれど、養父の立場はあまりにルルカに近く、一緒《いっしょ》に処分されなかったことに皆怒りを覚えたままだったのだ。

ディアは罵倒《ばとう》されても、言い返すことが出来なかった。

ルルカが何をしていたのか、養父がまったく知らなかったということはないだろう。それくらい、ルルカの近くにいたのだから。けれど、養父は本当に何も悪いことをしていない。だから教師のままでいられたし、フェイフーに住み続けることが出来るのだ。

人前に出ないディアに、外の様子はわからなかった。しかしやっぱり、外で養父はこれと同じようなことを言われ続けていたのだろう。

それでも、養父はどこへも行かなかった。ディアの側にいてくれた。

ディアは自分の力のなさも、情けなさも感じながら、それでも声を振《ふ》り絞《しぼ》った。

「……養父が、苦しそうなんです……！　お願いです、医士、様の場所を教えてください」

深く、頭を下げた。

それ以外にディアに出来ることはなかったからだ。

しかし返ってきたのは、後ろからの強い衝撃《しょうげき》だ。

「帰れ！」

「どこかへ行ってしまえ！」

「お前らが医士様に助けてもらえるわけがないだろう！」

どん、と背中に受けたのは、手だったのか足だったのか。そのどちらにせよ、ディアは堪《こら》えることが出来ず、地面に倒れた。

「ちょっと、さすがに暴力は駄目だよ」

「……あ」

誰かが、倒れたディアに手を伸《の》ばしてくれた。

倒れた痛みより、押された衝撃に驚《おどろ》いたことで固まっていたディアは、差し伸ばされた手に少しほっとする。膝《ひざ》をついたまま、相手を確かめようと顔を上げた時、顔を覆っていた布がズルリとすべり落ちた。

「――――！」

目を見開いてディアを見た相手に、ディアも気づいた。

布と一緒に、鬘が落ちた。

さっきまで、ディアを助けようとしてくれた女性は、慌《あわ》てて手を引っ込め、指先も触《ふ》れないところまで後ずさる。

「あんた……！　異人だったんだね!?」

「あ……あの、私は」

「皇国の人間じゃないじゃないか！」

「こんな奴を教師は隠していたのか!?」

「なんてことを……！　やっぱりモル教師は私たちを騙していたんだ！」

違う、とディアは言いたかった。

騙してなどいない。

皇国の人間ではないけれど、ディア自身は皇国から出たこともないのだ。

目立つから隠していただけで、何も悪いことなどしていない。

ディアが言い訳をしようとしたところで、コツン、と肩《かた》に何かがぶつかった。

なんだろう、と地面に転がったものを見ると、小石だった。

どうして、と考える前に言葉がぶつけられる。

「――出てお行き！」

「そうだ、出て行け！　フェイフーから、皇国から出て行くんだ！」

フェイフーを、皇国を出て、いったいどこへ行けばいいのか。

けれど罵声《ばせい》と一緒にまた石が飛んでくる。

ディアはどうにか立ち上がり、人をかき分けるようにして家に走った。

背中に、いつまでも罵倒がぶつけられていた。

「――――っ」

家に戻り、扉《とびら》を閉《し》めて、乱れた息を繰《く》り返《かえ》す。

白い色をした顔は、おそらく真っ青になっているのだろうけれど、ディアはぶつけられた言葉が耳から離《はな》れず、俯《うつむ》いた。

俯いた先に、ぽたりと雫《しずく》が落ちる。

それが自分の涙《なみだ》だとわかったけれど、ディアにはどうにも出来なかった。

そのままよろよろと奥《おく》の部屋に入り、寝台《しんだい》に寝《ね》かせた養父の容体を確かめる。

「モル様……」

小さな声で呼びかけたが、返事がない。

苦しそうに呻《うめ》く声もなかった。

養父は、目を閉じたまま、動かなかった。

「……モル様」

近づいて、その顔に手を伸ばす。

そしてなんの反応もない養父に、ディアは自分の呼吸も忘れたかのように、固まった。

死んでしまった。

ディアのいない時に、ひとりで。

ひとりで、逝《い》かせてしまった。

苦しみを和《やわ》らげてあげることも出来ず、そのまま。

動くことを思い出したディアの身体は、その場に崩《くず》れ落《お》ちた。

「────っ!!」

何かを叫《さけ》びたかった。

何かに思いをぶつけたかった。

けれど、それを受け止める相手はもういない。

ディアを護ってくれていた、唯一《ゆいいつ》の人を亡くしてしまった。

どうすれば良かったのか。

何をしていれば良かったのか。

人を信じず、ただひたすら隠れ続けていたディアが、間違《まちが》っていたのだろうか。

わからないディアには、考えても答えの出ないことばかりがグルグルと回り続け、そのうち考えることも放棄《ほうき》するように、ただ冷たくなっていく養父の側で蹲《うずくま》っていた。

いったい、どのくらいそうしていたのか。

きっと外は陽が落ち、代わりに月が昇っている頃だろう。

ほかに誰もいないはずの家から、物音がした。

耳もおかしくなったのか、とディアは訝《いぶか》しんだけれど、聞き間違いではなかった。

「――ここか？」

低い声とともに、部屋の扉が開く。

そして踏《ふ》み込《こ》んで来たのは、明らかにこの街の住人ではなかった。

「お、いたぞぉ……まったく、こんなに探させやがって、あいつもうまく隠したもんだぜ。手間掛《か》けさせられた分、高く売ってやるからな！」

にやりと笑った男が言った。

小さな窓から入る、月明かりの中に男の顔がある。左の頬《ほお》に大きな傷があって、それがやけに印象的だった。

どういう意味だろう、とディアは涙に濡《ぬ》れた顔を上げて目を瞬《まばた》かせたけれど、深く考えなくてもわかっていた。

どうして、人を信じてはいけなかったのか。

どうして、隠れて生きなければならなかったのか。

どうして、ディアを残して母だけがいなくなってしまったのか。

「なんだ、その男は。寝てんのか？　いや、死んでんのか。まぁ都合がいいわ」

「頭《かしら》、いましたか？」

「おう、いたいた、ちゃーんといた。情報通りだったな。さっさと連れて帰るぜ」

「へい」

侵入《しんにゅう》してきた男は、ひとりではなかった。

闇《やみ》に溶《と》けるような黒い服は、上品とは言えなかったし、清潔でもなかった。明らかに人の目を避《さ》けるような格好の彼らは、ディアを連れ去りに来たのだ。

彼らが――モンスター、だ。

ディアはすぐに理解した。きっと、母は彼らから逃《のが》れるためにどこかへ行ってしまったのだ。そして養父が、代わりにディアを隠して育ててくれていた。

ディアが姿を見せたから、彼らはディアを捕まえに来た。不用心に街中で姿を見せてしまったことを後悔《こうかい》しながら、ディアはどこか安堵《あんど》もしていた。

もう、逃《に》げなくてもいい。

隠れなくてもいい。

ここに、ひとりでいなくても済む。

自分が正気ではなくなっていることに、ディアは気づいていなかった。

大きな布で顔を覆われ、身体を拘束《こうそく》されても、身動きひとつしなかった。

家の外に連れ出されたのがわかったけれど、街はすべてが寝静《ねしず》まったかのように静かで、ディアを連れ去る彼らも静かだった。

ディアはただの荷物のように運ばれ、硬《かた》いものの上に落とされたと思った時には、馬車に乗せられて移動していた。

顔から布が剝《は》ぎ取られ、嫌《いや》な笑みを浮《う》かべる男が、ディアの顔を確かめるようにろうそくの明かりを近づけてくる。

「――ダナそっくりだなぁお前。探し続けた甲斐《かい》があったぜ。まったく、大事な商品に逃《に》げ出された時はどうしようかと思ったけどよ。まぁ、こんなにもいい女に育ったんだ。ヨシとしといてやるからなぁ」

嫌な笑い声を上げる男に、ディアは初めて気持ちが動いたように視線を上げた。

ダナ、と言った。

それは母の名前だった。

ディアそっくりの、帰って来ない母だ。

「……私の、母、は」

小さな声だったけれど、相手には聞こえたようだ。

ニィ、と男は口端《くちのは》を上げて笑った。

「もう売ったよ。ずいぶん前になるが、いい値段で売れたぜぇ……ただ、お前を隠しやがったからな。フェイフーだろうとあたりをつけて、ずっと目を光らせていたんだ。うまく隠れたつもりだろうが、お前らの顔は目立つからな。噂《うわさ》に上ればすぐよ」

「…………」

ディアはうまく頭が働かなかった。

ただもう、母が帰って来ないことだけは、わかった。

もう、何も出来ない。

もう、何もしたくない。

ディアは顔を隠すように蹲り、まだ笑っている男の声を聞きたくないと意識を閉ざした。

涙も出なくなった。

ディアは暗い中、馬車が動いているのを身体に感じながら、養父の最期《さいご》を思い浮かべた。

ひとり、置いてきてしまった……

ディアの心は、それを思ったのを最後に、壊《こわ》れてしまった。

馬車の外で、誰かが何かを言っていたけれど、それに反応することもない。

そうして幾晩《いくばん》か過ごしたある夜、突然の衝撃を受けるまで、ディアはまったく動かなかった。

皇国中に広がる諜報員《ちょうほういん》の耳や目から入ってくる情報は事細かだ。大半は不要なものに思われがちだが、しかしその中には必要な情報も隠れている。

それらを精査《せいさ》し判断し、犯罪が起きる前に潰《つぶ》すのが皇軍第二部隊の職掌《しょくしょう》だった。

ユイは貴族の名家のひとつ、リュウ家に生まれ、わずか三歳で魔力が発現したため、皇軍に入り魔術士になった。

しかし実家と縁《えん》が切れたわけではなく、むしろ深く繋《つな》がっていた。

リュウ家は、皇国中はもちろん、近隣《きんりん》の国から西国の果てにまで手を広げる貿易商を生業《なりわい》としていたからだ。品物を集め、各地で皇軍に必要な情報を仕入れてくるのもリュウ家の仕事のひとつだった。

母であるアンがしたことは、決して悪いことではない。

昔から一定数いる盗賊《とうぞく》の類《たぐ》いは、いくら討伐《とうばつ》しても気づけば増えているからだ。

仕事柄危険な場所へ行くこともあるため、防衛も兼《か》ねてリュウ家は独自の兵隊を持っている。

母が旅行と称《しょう》して国中を回る時、護衛のためにとこの兵隊を伴って行くのだが、軍の到《とう》着《ちゃく》を待てない場合やその時の状況次第で、母はリュウ家の兵隊だけで犯罪に立ち向かってしまう。

皇軍を手助けしているリュウ家の活動は、実際のところずいぶん助かっているが、母の身の安全と後々のことも考えて、勝手な行動は止めてほしいとユイは常々思っていた。

せめて誰か家族と一緒にいてくれればと思うが、貿易という仕事に手いっぱいな父や、それを引《ひ》き継《つ》ぐ予定の兄も忙《いそが》しい。そして父は婿養子《むこようし》であり、母に甘《あま》い。リュウ家の直系は母であるからなお、誰も止められないのだ。

実際に母がしたことで、助かった命がいくつもある。

だが、危険に首を突っ込んでいることに変わりはない。

母は、そんなユイの心配をよそに楽しそうに今回の事件について語った。

「フェイフーに異人がいるって情報を手にしたままでは良かったけれど、盗賊《ねら》のほうが今回は一足早かったみたいなの。皇国であんなに可愛い異人なんて、すぐに狙われるのがわかっていたから、慌てて追いかけたのよ」

「確かに、異国人の外見は目立つし、顔が整っている者が多いせいか狙われやすいですが」

「あ！　ルオの奥さんもたしか、異人の血が入っているのよね？　あの子だって気をつけたほうがいいわよ」

ユイはつい先日結婚したばかりの同僚《どうりょう》とその妻を思い出したが、首を振《ふ》って答えた。

「彼女は大丈夫《だいじょうぶ》です。ルオがいつも見張っているようなので」
執着《しゅうちゃく》しすぎるところはどうなのか、と思うが、見張られている本人が気にしていないからいいのだろう。

母も「ならいいの」と続けた。

「それで、運良くヤンジーに入る手前で追いついて、盗賊がこの子を売ろうとしているのがわかったから、奪《うば》い返《かえ》したのよ」

この子、と大事そうにソファの隣《となり》に座《すわ》らせて、柔《やわ》らかそうな金の髪を撫《な》でる母は大変ご満悦《まんえつ》だ。

犯罪を未然に防いだというより、お気に入りのジョセフィーヌ等身大人形を手に入れて喜んでいるようにしか見えない。

そうではない、とユイは盛大《せいだい》な溜め息を隠せなくなり、吐《は》いた。

「お母さん、その盗賊は全員捕《と》らえたわけではないですよね？　捕らえた者は皇軍へ引《ひ》き渡《わた》しましたか？　逃れた者はどちらの方向へ逃げました？　それから、保護した者はほかにいましたか？　まさかこのディアという者を、なんの連絡《れんらく》も入れず勝手に連れて来たわけではないですよね？」

一気に捲《まく》し立てたことにより、最初は考えるように視線を上に向けていた母も、途中《とちゅう》から顔を顰《しか》め、最後には子供のように唇《くちびる》を尖《とが》らせた。

「ひどいわユイ！　お母さんをなんだと思っているの？　そんな薄情《はくじょう》な子に育てた覚え

はなくてよ！」

「……いい年をした女性が子供みたいに口を尖らせても見苦しいだけですよ、お母さん。それよりもちゃんと質問に答えて――」

「見苦しいって言った！」

「それは――」

「見苦しい⁉　ユイはお母さんを見苦しいと思っているの⁉　あなた！　ユイがひどいの‼」

最後はユイを通《とお》り越《こ》して背後に向かって叫んでいる母に、ユイも部屋の入り口を振り返った。

そこには、父であるベイ・リュウが優《やさ》しそうな顔をして佇《たたず》んでいた。

皇軍の魔術士であるユイでも気配をまったく感じなかった。

侮《あなど》れない父にユイのほうが顔を顰める。

「ユイ、お母さんに謝《あやま》りなさい」

「しかし――」

「ねぇあなた、この子を見て。ジョセフィーヌにそっくりでしょう？　うちの子にしようと思うの」

子供のように癇癪《かんしゃく》を起こし拗《す》ねていた母は、一瞬で笑顔に戻りディアを父に見せている。

笑った母に、父も笑っている。

「ああ、可愛いじゃないか。娘《むすめ》にするのかい？」

「そう！　ユイのお嫁《よめ》さんにすれば、正式にうちの子になるでしょう？」

「それはいいいね。ユイ、可愛い嫁が出来て良かったな」

「…………」

父は、母に甘い。

母がいいと言うものは、すべて肯定《こうてい》してしまう。

そして新しい娘を間に、ふたりは仲良く話し込んでしまった。

ユイは両膝《りょうひざ》に肘《ひじ》をつき、全身から息をするように吐いた。

吐いて、ユイはゆっくりと身体を起こす。

まったく、どうしてこうなるのか——

結局、母に聞くよりも自分で調べたほうが早いのだろう。

ユイは仲の良い両親をそのままに、立ち上がった。

そして部屋を出る前、もう一度可愛がられている「ジョセフィーヌ」を見る。

彼女は、やはりなんの動きもなかった。

ただ、人形に徹《てっ》しているようだ。

彼女の容姿なら、盗賊に狙われるのもわかる。

しかしながら、母にいいように人形扱いされているのに、まったく反応もしないとは、通常の女ではありえない。

人形扱いされて嬉《うれ》しいのか、怒りを抱えているのか——その反応すらないのだ。

その硝子玉のような瞳に、自分は映っていないな、と思いながらユイは足を早める。さっさと仕事場に戻り、母の後始末をしなければならないからだ。

現場はフェイフーとヤンジーとの境界だと言っていたが……さて請《う》け負《お》うのはどっちか。

ユイはとりあえず、頭の中を仕事で埋《う》めることにした。


皇国インロンは、大きく五つの町に分かれている。

東に位置する、始まりの町、フェイフー。

北に位置する、氷と行き止まりの町、テンクゥ。

西に位置する、交易の町、サイエン。

南に位置する、海と終わりの町、ヤンジー。

そして中央に、すべてを統《す》べる皇都ザーラン。

広大な地がその五つに分かれているため、一口にひとつの町と言っても、端《はし》から端までは人の足ではかなりの距離《きょり》を歩くことになる。

だからそれぞれの町は、皇帝《こうてい》から任された者が主となって管理していた。

皇国の民《たみ》はよほどのことがない限り、生まれた土地から出ることはない。

つまり、他の町をよく知らないままだ。

しかし旅人や商人は少なからずいて、他の町の情報も噂話《うわさばなし》から耳に入る。

神教の大教会があることから、神教者の多いフェイフー。一年の半分以上を氷で覆われ、ただ住むことさえ困難なテンクゥ。異国の商人も旅人も入り交じることから、様々な人種で溢《あふ》れるサイエン。海の恵《めぐ》みで暮らしながら、最果てには何もないというヤンジー。

そして皇国の皇帝が住み、この国の中枢《ちゅうすう》でもあるザーラン。

知識としてディアも知ってはいたけれど、実際に他の町を見てみたいと思ったことはない。

隠れていなければならないのに、そんなところに行く自分を想像出来なかった。

それなのに、ディアは盗賊たちに攫《さら》われ、馬車で運ばれながらどこかへ連れ去られることになった。

一日二回、どこかに止まって薄《うす》い粥《かゆ》のような食事を与《あた》えられる。それを拒《こば》んでも、盗賊たちにはどうでもいいことのようだった。

ディアが乗せられた馬車にはディアだけで、時々、確認《かくにん》のためか盗賊の頭と呼ばれる男が顔を見せる。おそらく、徐々《じょじょ》にやつれていくディアを見て舌打ちをしているのだろう。

くるまった布から動かないディアは、縛《しば》られてこそいないけれど、おそらく外にはたくさんの見張りがいるはずだ。

馬車は一台ではない。前後に何台かある音は聞こえた。

そして、泣いている誰かの声も聞こえた。

でもそれを、ディアはどうすることも出来ないのだ。

攫われているのが自分ひとりではないからといって、嬉しくなるはずもない。

そんな移動を繰り返したある日、陽が落ち、どこかの森の中で野営を始めた時だった。

最初がなんだったのかはわからない。

驚きの声と、怒声《どせい》が周囲に飛《と》び交《か》う。そしてあっという間に、馬車の外で盗賊が誰かと交戦している音でいっぱいになった。

悲鳴や罵声のうるさい音の中、ディアのいる馬車の後ろの布が捲《め》くられ、明かりが入り込んできた。

「あらまぁ」

久しぶりにはっきりと耳に聞こえた声は、女性のもののようだった。

うつろな視線が眩しさを感じると、馬車の中に移動型のランプを置いた女性が、嬉しそうな顔でディアを見ていた。

「イヨ！　イヨ――！　ジョセフィーヌがいるわ！」

「奥様《おくさま》！　落ち着いてください、あまり先走らないように……」

「ねえ、この子は私のよ！」

女性の後ろから、他の男の声もした。

しかしディアは、彼らが何を言っているのか理解しきれてはいない。

ただ、盗賊からまた違う誰かに、売られてしまうのだろうと悟《さと》った。


ディアを手に入れたのは、女性だった。

違う馬車に乗せられ、また移動する。

その途中で宿に入り、ディアは身綺麗《みぎれい》に洗われた。

壊れた心は動かないまま、ぼんやりとした視界に映ってくるものを、ようやくディアは判断出来るようになった。

洗ったのは、ディアを見つけた女性だ。

養父であるモルより、少し年上だと思えた。

しかし黒髪《くろかみ》で表情豊かな女性は、動きもきびきびとしていて若々しかった。

その彼女にされるがままになっていたのだが、扱いはまるで人形のそれだった。

「さ、綺麗《きれい》にしましょうね、ジョセフィーヌ。ほら、髪を洗ったら綺麗な金色に戻ったわ！　瞳もなんて透《す》き通《とお》っているのかしら！　素敵《すてき》よ、ジョセフィーヌ。どこも怪我はなくて？　こんなにすべすべのお肌《はだ》に傷なんてつけたら一大事だものね」

ジョセフィーヌって何——

ディアはそう思ったものの、人形のように扱われるまま、黙《だま》っていた。考えることを止めたディアは、自ら動く意思がなかった。

そうして綺麗な異国の服を着せられると、ディアの外見と相まって、完全な異人の出来上がりだった。

彼女はそれを敬遠するどころか、嬉しそうに、満足そうに笑う。

「とっても綺麗よジョセフィーヌ！　貴女《あなた》みたいな素敵な子はほかにいないわ！」

力いっぱい、ぎゅうぎゅうに抱《だ》きしめられながら、ディアは久しぶりに人の温《ぬく》もりを感じた。

こうして、誰かに抱きしめられるのはいつぶりだろう。

少なくとも、養父に引き取られてからは、一度もない。

誰も信じないように、最小限の付き合いしかしていなかったせいだ。

その温もりが離れると、ディアは柔らかなソファに座らされていた。

目の前に、にこやかな女性の顔がある。

「さ、貴女の名前を聞いてもいいかしら？　あと、おいくつ？　フェイフーの出身で間違いはないのかしら？」

突然、人形扱いされなくなったディアは、考えることなく言葉を発した。

「ディア……十六」

単語が口から零《こぼ》れるように出ただけだ。

なのにそんな返事でも、相手は嬉しそうだった。

「そう！　じゃあディア、貴女はこれから私の娘になるの。ちょうど次男が独り身だから、その子と結婚して、正式に私の娘になるのよ！」

やはり、ディアの人生は思うようにはならない。

結局、知らない男に売られるだけだ。

ディアは嬉しそうな顔のままの女性を前に、また人形のように座っているしか出来なかった。


「ダン、フェイフーで調べてほしいことがある」

ユイは第二部隊、三班の執務室《しつむしつ》に入るなり手にした書類を部下であるダンに向けた。

母がどこで何をしでかしてきたのかは、護衛たちに聞けばわかることだ。彼らは母の行動もよく理解していることから、後始末をユイに押しつけるだろうこともわかっている。

そのため、細かな報告書を上げてくれる。

こうまできっちりと出来るのであれば、最初から皇軍に連絡してくれればいいものを。今更《いまさら》怒っても仕方のないことだが、とユイは内容を一読し、もっと詳《くわ》しい情報が欲しくて、補佐官《ほさかん》でもあるダンに渡《わた》した。

しかし机の上を綺麗に片付けた部下は、癖《くせ》のある髪を手鏡を使って調整し、不満をいっぱいにした顔で答える。

「えっ、今日の仕事はもう終わってますけど……それって皇軍の案件ですかぁ？」

「終わっていない。まだ就業時間内だ」

ユイはちらりとも時計を見ることはなかったが、皇軍にも一応の定時があることはわかっている。

しかし皇軍の諜報部である第二部隊において、定時など気にしていては仕事にならない。何かにつけて愚痴《ぐち》と言い訳を繰り返し、どうにか仕事を回避《かいひ》しようとすることが欠点だが、こう見えてダンは優秀《ゆうしゅう》な諜報員だ。ユイの補佐《ほさ》としても問題はない。

今にも逃げようとするダンの前に立ち、机に資料を置く。

「先日、リュウ家の者が討伐した盗賊団がある。人身売買を目的とする盗賊らしい。報告からフェイフーの端にあるシンニという村に捕らえたままでいるようだ。すでにフェイフーの軍に連絡はしているようだから、回収には行っているだろうが」

「じゃあ俺の仕事はないじゃないですかぁ」

「詳しく内容を聞いてきてくれ。攫われた者たちの素性《すじょう》、保護した後の行方《ゆくえ》、それからもちろん、盗賊たちの情報だ。どうやら討《う》ち漏《も》らしがあるようだからな」

「盗賊を追いかけるのは第三部隊の仕事ですよぉ」

ユイの言葉の間を縫《ぬ》ってダンが何かを言っているが、気にしない。

「それから、リュウ家でディアという女性を預かっている。フェイフーの女らしいが、素性を洗ってくれ」

「すぐにかかれ」

「えっ美人ですか⁉　可愛いですか⁉　何歳《なんさい》ですか⁈　会わせてもらえますか⁉」

突然息を吹《ふ》き返したように質問を繰り返すダンに、ユイは冷めた視線を向けた。

「これからリンカちゃんとデートだったのに、それに代わる美人さんなんでしょうねぇ！」

ダンは仕事は出来るが、女性に弱いことが問題だった。

資料を手に嬉々《きき》として動き出したが、その背中を見送りながら告げる。

「お前のリンカという女はデートではなくただの同伴《どうはん》だろう」

「いってきま――――す！」

ユイの声をわざと耳に入れないようにしてダンはそのまま扉を閉めて出て行った。

その扉を見て、ユイはダンの前であえて言わなかったことを口にする。

「……人形のように美しい女だが、お前に引き合わせるつもりはない」

何しろ、母の勝手な命令ではあるが、彼女はユイの婚約者《こんやくしゃ》の立場にいるからだ。

それを受け入れるつもりはないが、なぜかダンに見せたいと思う気持ちもなかった。

ダンが出て行ってすぐ、ユイの執務室の扉が叩《たた》かれる。

「ユイ、いる?」

「——ああ」

ユイが答えるのと同時に扉が開いた。

顔を出したのは、同僚のルオ・スーだ。

「ちゃんと返事を聞いてから開けろ」

「それ、ユイには言われたくないよ」

ルオは勝手知ったる様子で入ってくる。彼の執務室は隣だから気安い。

ルオは空《から》のダンの席を見て問いかけた。

「もう帰らせた?」

ダンがいつも定時で帰りたがっていることは、ルオも承知だ。ルオの部下であるハオは時間に関係なく仕事にひたむきだというのに、この違いはなんなのかと考えながらユイも答える。

「いや、フェイフーに向かってもらった」

「……ああ、アンさんの討伐案件か」

諜報部だから当然かもしれないが、それにしても耳にするのが早すぎる。

ユイが今日知ったばかりの話を、ルオがすでに知っていることに眉根《まゆね》を寄せた。

「誰に聞いた――それから、母を『さん』づけで呼ぶな」

「だってアンさんがそう呼べって言うし。アンさんに逆らえる？　それにリュウ家の情報はすぐに入ってくる。さっき届いたフェイフーの連絡事項《じこう》の中にもうあった――そんなに怒らなくても、アンさんは無事だったんだろ」

「母に傷一つつけようものなら、護衛たちは一から訓練のやり直しを父に命じられるだろう」

「……リュウ家の訓練、皇軍《うち》並みだよな」

ルオの声には呆《あき》れが聞き取れるが、ユイは慣れたものなので気にしなかった。

「それで何があった？」

「何が、とは？」

ルオの格好は今日も黒い。

制服に加えて、顔を隠すように被るフード付きマントも、肌を隠すための手袋《てぶくろ》も黒い。目立たないために目立つ格好をしているおかしな男だが、持っている能力からすると必要なものなのだ。

そして、同じ第二部隊で二班隊長を務めているルオは、それなりに鋭《するど》い。

「とぼけても無駄《むだ》だ。いくらアンさんの案件でも、急を要することでもなければこんな時間からダンを動かさないはずだ。リュウ家の兵隊は皇軍並みに優秀なんだから。何か、ダンをすぐにでも動かさなければならないことが、あったんだ」

ルオは問いかけているわけではない。

確信している声だった。

ユイは椅子《いす》に座った状態から見下ろされる視線を、見上げないように逸《そ》らした。

「……珍《めずら》しい」

「何がだ？」

「ユイが目を逸らした。本当に、何があった？」

些細《ささい》な動きさえ目に留められて、顔を顰める。舌打ちしなかっただけましだろう。

長い付き合いから、ルオを誤魔化《ごまか》せるとも思えなかったユイは、正直に答えた。

「母が、拐《かどわ》かされた女をひとり連れ帰っていた。そしてその女をあろうことか――俺の婚約者にすると言い出している」

「――え」

感情豊かだが、あまり表情の変わらないルオも、珍しく目を瞬かせて驚いていた。

「……ユイ、結婚する？」

「結婚はしない」

「でも、婚約者が出来たんだよな」

「母が言っているだけだ」

「ユイがアンさんに逆らえるとは思えないから」

「……彼女は、まだ十六だ」

「だからまずは婚約者か。それでユイは、満更《まんざら》でもない、と」

溜め息と一緒に零した事実に、ルオも深く頷いて納得《なっとく》したが、面白《おもしろ》そうな感情を隠しはしない。

「で、ユイはあと二年、お預けなんだ」

「お預けではない」

「えっ、じゃあ結婚前に手を出すんだ？　そんな子供に？」

「そんな訳ないだろう——どうでもいいことに脱線《だっせん》するな、それよりも仕事はどうした」

「どうでもいいことじゃない。シェイにも教えなきゃ……どんな子？」

「無駄に話を広げるな。彼女のことはいいから——」

「気になるなぁ、リュウ家にいるんだよな？」

「確認にも行くな。セイアンの話をしろ」

放っておけば延々と脱線するルオを睨《にら》みつけ、ユイはルオが今担当している仕事の話を振る。

セイアンは皇国インロンの隣にある小さな国だ。

国と言っても、元々遠い西の国から流れて来た技術者たちが集まり、作り上げたものを売り、世界に広めるためにつくられた団体だった。

しかし単に団体と呼ぶには、彼らの実益は巨大《きょだい》だった。けれど国と称するには、国土が小さい。広大なインロンと比べるのが間違いかもしれないが、ひとつの町の半分にも満たない国土しかないからだ。

そのセイアンとインロンの交易は長く続いている。

国としては、友好的な関係だと言えよう。

だが皇族が護《まも》り、統制しているインロンと比べれば、セイアンは唯人《ただびと》の集まりの国だ。

野生の妖獣《ようじゅう》も存在する。

獣は基本、森や山の奥深《おくぶか》いところに住み、人の多いところに自ら姿は見せないものだが、出会《でくわ》せば襲いかかってくる魔物《まもの》だ。

世界広しと言えど、魔物に襲われる心配なく街道《かいどう》を歩けるのは皇国インロンだけだ。それは皇帝や皇族が皇国を護っているからだが、その事実はあまり知られていない。

第二部隊は国内外の情報を広く扱うが、ユイたちは自分たちが支持する第二皇子ロラン・ク・インロンのために、隣国《りんごく》であるセイアンの情報を集めていた。

「セイアンは相変わらずだよ。作られているものは面白いし、出会う魔物はちょうどいい訓練の対象になる」

ルオの言うように、鍛《きた》えられた皇軍の者にとって、よほどの大型でない限り、魔物相手の討伐はいい腕試《うでだめ》しになる。過去に何度か、セイアンからの依頼があり、皇軍は討伐隊を組んで遠征したことがあった。

セイアンに国を護る兵隊がいないわけではない。

ただ皇国との大きな違いは、兵隊の中に魔術士がいるかいないかだ。なんの作用が働いているのか、魔術士は皇国にしか現れない。魔力を持つ者は、皇国の人間だけだった。

「ちょっと前に、シェイを一緒に連れて行ったんだよ――それはもう、楽しそうに殺《や》ってた」

皇軍第三部隊、一班隊長であるシェイ・ファンは、皇軍魔術士の中でも際立った魔力の持ち主だ。質量や物量、重力さえ関係なくものを操り、何十、何百という多勢でも、簡単にのしてしまえる、間違いなく皇軍トップにいるひとりだった。

ユイたちと同じく、ロランを支持していることもあり、皇子に関することでは情報も共有している。

ルオより前に結婚し、愛妻との生活を楽しんでいるシェイだが、闘争《とうそう》本能も随一《ずいいち》だ。殺しても何も言われない相手の討伐など、嬉々としてやってのけるだろう。

ルオの語る状況が考えるよりも前に理解出来、ユイは呆れた息を吐いた。

「部下の手柄《てがら》を奪《うば》うのは、隊長のするべきことではないと言っておけ」

「大丈夫だよ、その時は少人数での行動だったし……大丈夫だったよ」

曖昧《あいまい》に視線を逸らすルオに言いたいことはあったが、シェイのしでかしたことはどうでもいいとユイは頭から追い出すことにする。

「調査はちゃんとしてあるんだろうな、セイアンの国主の――」

ユイが話し始めたところで、大きな音を立てて扉が開け放たれた。

バン！　という衝撃に、丁番《ちょうつがい》が壊れたのでは、という勢いで様子のおかしいダンが飛び込んでくる。

「ずるいですよユイ隊長――!!」

「――何が起こった？」

ただならぬ様子に、ユイも表情を改める。

フェイフーでの討伐の件を調査するように、と頼《たの》んだのはつい先ほどだ。

皇軍には、一般《いっぱん》には知られていない道がある。

裏街道《うらかいどう》と呼ばれるその道は、何日もかかる町から町への移動を、一日か半日に短縮してしまう魔術の施された秘密の街道だ。

それを使えば隣町《となりまち》に行くにもすぐだが、それにしても早すぎる。

いったい何があったのか、と訝しめば、ダンは悲壮《ひそう》な顔をしてユイに訴《うった》えた。

「あんな美少女を嫁にするなんてっ！　ずるいです！　横暴です！　俺の敵です！　世の中の男の敵です――！」

「…………」

全力で嘆きながら上司であるユイを糾弾するダンは、なんのことはない。

フェイフーに行く前に、リュウ家にいる拐かされた人物の確認をしたのだ。

そしてユイの母に人形のように扱われているディアを見て、文句を言うために戻《もど》って来ただけだった。

これ以上なく楽しそうな顔をするルオの前で、ユイは眉根を寄せたまま椅子から立ち上がると、自分の机の前に回ってそのまま右足を振り上げた。

「アッ――――」

気づいた時には、もう遅《おそ》い。

ダンはそのまま頑丈《がんじょう》に造られた壁《かべ》に向かって飛んでいた。

2章 chapter.2

リュウ家は皇国インロンの貴族、それも名家のひとつだった。

ディアはフェイフーの、限られた人としか交流していなかったため、名字持ちの人を見たのはリュウ家の人が初めてだ。

連れて来られた時は意識などないも同然だったのでわからなかったが、この家は皇都《こうと》ザーランの中にあるようだ。

そして家と言っていいのかわからないリュウ家の建物は、大きく広かった。

これが屋敷《やしき》と言われる建物なのかもしれない。

ディアがリュウ家に来て、おおよそ一月《ひとつき》が経《た》った。

日数が曖昧《あいまい》なのは、ぼんやりとしていた時が長く、記憶《きおく》も曖昧だからだ。

ただ、絶えず側には笑顔を絶やさないアンという女性がいた。

最近になって、ディアはようやくはっきりと意識を持つ時間が増えた。それもこれも、アンが必要以上に世話を焼いてくれるからだろう。

リュウ家は使用人も多い。

しかも異人であるはずのディアを見ても、誰《だれ》ひとりとして顔を歪《ゆが》めたり罵倒《ばとう》したり石を投げたりしない者たちばかりである。

それもこれも、アンがディアに良くしてくれているからに違《ちが》いなかった。

アンはリュウ家の夫人で、言ってみれば上流階級の人間であり、ディアにはまずお目にかかれないような人物のはずだ。

使用人たちがいるにもかかわらず、アンはディアの世話を自分でしようとする。

着替えはもちろん、入浴も、食事の世話にまで手を伸《の》ばす。

ディアの心は壊《こわ》れたまま動かず、無気力にされるがままに、まさに人形のようになっていたが、意識だけははっきりしてくると、アンの過保護ぶりが恥《は》ずかしくも思える。

ディアはまだ成人していないが、かと言って子供でもないのだ。

身体《からだ》が弱いから、という理由で養父のモルが人前に出さないようにしてくれていたが、病弱だったわけではない。モルの代わりに、家の中のことは一通りこなせていた。

それにディアの容姿は、純粋《じゅんすい》な皇国の者より年齢《ねんれい》が上に見えるらしく、すでに成人の年である十八を超《こ》えていると言われても驚《おどろ》きはしない、異人特有のものだ。

そんなディアを、アンは毎日愛《め》でて喜んでいる。

まるで小さな子供のように――

「可愛《かわい》いわ、ディア。今日はこのドレスにしましょうね、貴女《あなた》のために用意したのよ、絶対似合うわ」

金色の髪《かみ》を梳《す》きながら、大きな鏡台の前に座《すわ》らせたディアを鏡越しに眺《なが》めるアンは、使用人のひとりにドレスを持って来させていた。

ディアが今着ているのは、寝間着だ。

薄《うす》い布で作られたものだが、意匠《いしょう》は凝《こ》っており、おそらくこれまでのディアなら一生かかっても目にすることはないだろう高価なものだった。

首周りを覆《おお》うレースの模様は複雑で、前を留《と》める紐《ひも》もつるりとした絹のようだ。足首まであるすとんとした道衣《どうい》のようだが、袖口《そでぐち》にも裾《すそ》にも刺繍《ししゅう》とレースが施《ほどこ》してある。

これが寝《ね》る時の衣装《いしょう》だというのだから、貴族の世界というのはディアには異界そのものにも思えた。

そして目の前の使用人が持つドレスは、昨日着ていたドレスともまた違う。

これまでに見たことのない形だった。

肩口《かたぐち》で切《き》り替《か》えのついたドレスは、身頃《みごろ》が薄桃色《うすももいろ》でスカートが大きく膨《ふく》らんでいた。襟《えり》部分はまるで花びらのようにレースが重ねられており、同色のリボンで留められている。背中は腰《こし》に大きなリボンが結ばれていて愛らしく、袖《そで》は白糸で編まれたレースで指先まで覆うような形だった。

これを、着るの――

まさに目を瞠《みは》るようなドレスだった。

これまでもひとつとして同じものではない服ばかりだったけれど、これは一段と高価なものだということはディアにだってわかる。

よく見れば、身頃の色は白地にその色の細かな花が刺繍されて薄桃色に見えるものだった。

「……私、は――」

こんなドレスを着られるような身分ではない。

そう言いたかったのに、久しぶりに出した声は掠《かす》れていた。

その微《かす》かな声に、アンが喜色を浮《う》かべている。

「まぁ、可愛らしい声！　ね！」

「本当に」

同意を求められた使用人の女性たちも、同じように笑っている。

笑うようなところだっただろうか？

こんな掠れた声が可愛いなどという彼女たちの耳がおかしい。

ただ、これ以上どう言ったとしても同じ反応が返ってくる気がして、ディアは抗《あらが》うよりされるがままを選び自ら動くことはなかった。

じっくり時間をかけてつくり上げられたディアの見栄《みば》えは、確かに良かった。

鏡に映った自身を見て、ディアはまさに作り物の人形のようだと感じた。

表情のないことがさらにそれを増長している。

綺麗《きれい》なドレスを着せられて、複雑な形に髪を結《ゆ》われると、汚《よご》すことも躊躇《ためら》われてますます動くことが出来なくなる。

だからと言って、ディアが何を言うでもない。

ディアは、売られた身だからだ。

盗賊《とうぞく》からアンに救い出されたようだが、人形のように扱《あつか》われている現状は売られたに等しい。そして彼女たちは、アンの息子《むすこ》にディアをあてがい、この先ずっとディアを人形のように構っていくつもりなのだろう。

そう思うと、ディアはもう深く考えることを止めていた。

この場所で、ディアがどうしようと、なんの変わりもないのだ。

そして、ディアが感情を動かして何かをしたいと思うことも、してあげたいと思う相手も、もういないのだ。

モル様も――お母さん、も、いない――

わかってはいるけれど、ディアはそう思う気持ちを心の奥底《おくそこ》に沈《しず》めた。

考え始めると、人形でいることすら出来なくなりそうだったからだ。

ただ生きているだけなら、人形のように扱われる状況に不満を持つこともない。

ディアを着飾《きかざ》る彼女たちが楽しそうであるなら、ディアに何も言う権利はないのだ。

「こんなに可愛いんだもの。今日こそユイはディアを無視出来ないわよ」

「その通りですね、奥様《おくさま》。きっとユイ様も、夢中になるでしょう」

「この一月、何度呼び戻しても顔を見せるだけですぐ寮《りょう》に逃げ帰ってしまうんだもの。もしかしたらディアが可愛すぎて照れているのかしら」

どうやらディアにあてがおうとしている息子は、この屋敷で一緒《いっしょ》に暮らしてはいないらしい。特に会いたいとも思わないのでどうでも良いのだが。

「本当にお綺麗です」

「ジョセフィーヌ様と並べて見たいですね」

使用人たちも口々にディアを褒《ほ》める。

ディアはアンたちの口からよく聞く「ジョセフィーヌ」とは誰だろうと思いながらも、やはり声には出さなかった。

「それは名案ね。最近新しくセイアンで作られた機械で、写真機というものがあるらしいの。絵よりも鮮明《せんめい》に見たものを残せるらしいわ」

アンが説明するものを、ディアはまったく想像出来なかったが、聞いている使用人たちは楽しそうだった。

「それは素晴《すば》らしいですね！」

「旦那《だんな》様にお願いしたらすぐ手に入れられるのでしょうか？」

「ええ、もちろん、すでにお願いしているわ。こんなに可愛いディアの姿を残しておかないわけにはいかないものね」

こんな姿を残して、どうするというのだ。やはり貴族というものはよくわからない。

「さ、ディア。とっても綺麗に出来たわ。今日の晩餐会《ばんさんかい》の主役はきっと貴女ね。いいえ、

「絶対貴女よ！」

　晩餐会。

　ディアは耳慣れない言葉を聞いたが、どんなものか予想もつかなかった。

　多分、この後どこかに連れて行かれるのだろう。

　それはこれまでにもなかったわけではない。アンはディアをよく一緒に連れて歩く。

　庭を散策することもあれば、馬車に乗せられてどこかのお店に向かうこともあった。

　そこでディアが何かをするわけではない。とにかくアンはディアと一緒にいることが嬉しいようで、ただ連れ回しているだけだ。

　そしてアンは根気強く、ディアに食事をさせた。

　食事に手を伸ばそうとしないディアに、まるで幼児の世話をするかのように、口元に食事を運んでくれる。

　盗賊の馬車の中ではほとんど食べなかったディアだが、この屋敷に来てからはこれまでの生活で口にした何よりも栄養のある上品なものを食べていた。

　そのお蔭《かげ》もあってか、攫《さら》われたせいでげっそりと痩《や》せていたディアは女性らしい体型に戻《もど》りつつあった。

　それでもアンは満足しないのか、もっとディアに食べさせようとする。

　そもそも、神教の教師の家での食事は、質素なものだった。

　元教祖であるルルカたちの食事は、毎食豪華《ごうか》なものだったらしいが、モルは他の信者たちよりも質素倹約を心がけていた。豪勢《ごうせい》に振《ふ》る舞《ま》うことを、モルがそもそも好きではなかったからだ。

もちろんディアも不満などなかった。

そんな暮らしに慣れているディアにとって、食べても食べてもなくならない食事は拷問《ごうもん》にも等しい。

動かなければ延々と口にものを運ばれるので、最近になってようやくディアは自分の手で食事を取るようにしていたが、量が少なければやはりアンの手が伸びてくる。

そうしてお腹《なか》がいっぱいになったと思う頃《ころ》、その手は止まるのだ。

どうしてわかるのかが不思議だが、ディアの見た目が着飾るに相応《ふさわ》しくなっていくのに間違《まちが》いはなかった。

「私も用意してくるわね。少し待っていて、ディア――あ、大丈夫《だいじょうぶ》よ。今日の貴女にはちゃんとユイが付き添いますからね」

言われて、ディアはそれが誰だったか、思い出すのに時間がかかった。

ディアにあてがわれたアンの息子の名前だった。

ということは、ディアの隣《となり》にはそのユイという男が並ぶのだろう。

この屋敷に来た時、一度姿を見たような気がするが、ディアはよく思い出せなかった。

一番ぼんやりとしたままの頃だったからだ。

黒い服を着ていた気がするけれど――どうでもいいわ。

ディアはまた、考えることを止めた。

考えても、ディアにどうにか出来るものでも、どうにかなることでもない。

ディアは用意されたふかふかの椅子《いす》に座り、アンの用意が終わるまでただそこで待つだけだった。


晩餐会は夕刻七つよ。

そう言われたユイは、顔を顰《しか》めた。

三つの時から軍で鍛《きた》えられたユイに、遅刻《ちこく》という文字はない。

年齢が二桁《ふたけた》になった時からユイは軍の庁舎にある寮に住んでいて、約束の四半刻《しはんとき》前には着いていたが、嬉々《きき》として来たわけではなかった。

そもそも、晩餐会だの夕べの集まりだの詩を楽しむ会だの、貴族の生活にはよくわからない会が多い。

リュウ家が名家と呼ばれる家だからこそ、なおのこと集まりにはよく呼ばれるようだが、ユイには関係のない話だった。

ユイが軍人だからだ。

そもそも、リュウ家が名家と呼ばれることになったのは、皇国インロンが建国された頃より皇族に仕《つか》える一族であったことと、強力な魔術士《まじゅつし》を輩出《はいしゅつ》してきた家だからだ。

今では国に貢献《こうけん》するための情報を集める貿易商として手広く商《あきな》いをしているが、魔力《まりょく》を発現する者も必ず何代かにひとりは現れる。

発現しなかった者が必然的に貿易商を継《つ》ぐことになっているため、魔力の発現しなかった兄がいるユイはなんの迷いもなく軍人の道に進んだ。

家の対面を保つためでもある社交は、軍人には必要ない。

つまり、これまでそんな会にユイが出向いたのは、片手で数えるほどしかなかった。

さらに、今回はひとりではない。

両親も呼ばれているオウ家の晩餐会には、ディアを同伴《どうはん》するように、と言いつけられていた。

相手がいる以上、ユイはひとりで勝手に動くことが出来ない。

面倒《めんどう》な――

それが正直な思いだった。

しかし、母に勝てる者はリュウ家にはひとりとして存在しない。

この一月《ひとつき》、母はことあるごとにユイを実家に呼びつけ、ディアと引き合わせようとしていたようだが、人形のまま変化のない彼女を見てもユイは興味を持てなかった。

母が食べさせ、着替えさせ、至《いた》れり尽《つ》くせりの状態でいることに不満を持たないあの女は、まさに人形でしかない。たとえば貴族の暮らしに満足し、わがままになるくらいなら、まだ人間らしさがあって良かったのかもしれない。だがディアには、その傾向《けいこう》もまったく見られなかった。

母はこれまでも、いろいろとディアを連れまわしては楽しんでいたようだ。

リュウ家に異人がいることは、すでに広まっているのだろう。

もちろんディアがユイの婚約者《こんやくしゃ》であることも知《し》れ渡《わた》っている。

母があまりに素早《すばや》く喧伝《けんでん》してしまったため、ロラン皇子にも婚約者が出来たと知られることになってしまった。

「お前も身を固めることになって、嬉しい」

皇国のため、政《まつりごと》に勤《いそ》しんでおられる皇子に余計な心配を、それこそ私事《わたくしごと》での面倒など掛けたくなかったが、そう言われてしまうとユイがここで逃げ出すことも出来ない。

皇子に告げ口しただろう、と同僚《どうりょう》を冷めた目で睨《にら》みつけながら、外堀《そとぼり》が埋《う》められていくことに溜《た》め息《いき》を吐《つ》きたくなった。

この晩餐会でディアと一緒にいるところを見られれば、噂《うわさ》は確定してユイの婚約は事実になってしまうのだろう。

ユイは自分の結婚相手について、特別な誰かを思い浮かべていたわけではない。

数少ない友人たちのように、誰かを想《おも》うこともなかった。

そもそも人に執着《しゅうちゃく》することがなかったのだ。

リュウ家にはすでに兄がいて、安泰《あんたい》だ。軍人で終わる予定のユイに結婚など必要なかった。

それほど自分とは関係のないことと思っていたところに、突然《とつぜん》押しつけられた婚約者だ。しかも母のあの気に入りようでは、受け入れないという未来はない。

よりによって、あのような——

せめてちゃんと人並みの感情を持っていれば、と考えたところで、母が気合いを入れて着飾っただろうお人形——少女を差し出された。

「ユイ、ディアをよろしくね」

現地集合にしてもらったユイは、オウ家の玄関《げんかん》先で馬車から下りてきた両親と、彼女と対面する。

人形——ディアは美しかった。

その容姿に合わせて着飾ったディアは、この場で恐《おそ》ろしく目立っている。

けれど表情のない顔と、感情のない目、身動きをしない身体は、初対面の時と変わらなかった。

ユイは舌打ちしたいのを必死に堪《こら》え、眉根《まゆね》を寄せるだけにした。

「お母さん、これは——」

「ユイ、まずはディアを褒めてあげるところでしょう？　婚約者に対してそんな無礼な態度をとるなんて、許しませんよ！」

「……褒める？」

母が怒《おこ》ると、父も顔を顰める。

両親に責められ、ユイはなんとも言えない顔になるが、言われた通りにしたくても言葉が思い浮かばない。

「もう、なんて無愛想な子なの？　こんなに綺麗なディアを見て、かける言葉くらいいくらでもあるでしょう？　本当に可愛らしいとか、このドレスを着こなせるのはディアだけだとか、妖精《ようせい》のように愛らしいとか、この世の者とは思えない美しさは後世にも残すべきだとか――」

何も言えないユイは、次々に美辞麗句《びじれいく》を並べる母に呆《あき》れる。

そもそも、そんな語彙《ごい》はユイの中に存在しない。

教えられても口にすることは出来ないが、美しいと思っても陶器《とうき》で出来た作り物にしか見えないディアに、ユイがかける言葉などひとつしかなかった。


「本当に人間か？」


正直な感想だった。

ユイの言葉に母が怒っていたが、この時初めて、ユイは人形と――ディアと目が合った。

身長が高いユイは、相手が見上げないと視線が合わない。

ユイは初めて、硝子玉《ガラスだま》のようなディアの水色の瞳《ひとみ》が動くところを見た。

ディアはユイを見て、少し表情を動かした。それは驚いたようにも見えたが、あまりに微かな動きで本当にそうだったかはわからない。

本当に驚いたのだとしたら、いったい何に驚いたのかがわからない。

ユイの格好はただの軍服だ。

支給されたものであり、ほかと変わりないものだった。

徽章《きしょう》と、皇子から何度かもらった勲章《くんしょう》を胸元《むなもと》につけているのは、それがあるために礼服になるからだ。

黙《だま》って見ていれば、また人形のように無表情になったディアを訝《いぶか》しんだものの、ユイは両親に急《せ》かされるままディアの隣に立ち、彼女の腕《うで》を取って晩餐会の会場に入る。

されるがままの状態はやはり人形だなと思ったが、触《ふ》れた手にはちゃんと温《ぬく》もりがあり、ユイはそれをもっと確かめたくなっている自分に気づいた。

どこまで人形でいるつもりなのか——そのままでいられると思っているのか。

オウ家はリュウ家と変わらない歴史を持つ名家だ。また、ヤンジーに領地を持つほどの富豪でもある。

ただ、ここ数代にわたって魔術士を輩出《はいしゅつ》しておらず、皇軍の中にオウ家縁《ゆかり》の者は少なくなっていた。

そのあたりでもユイとの接点はない。

そのオウ家の晩餐会は一番広い部屋で開かれていた。

庭に面した扉《とびら》にはすべて硝子がはめ込《こ》まれていて、いくつもの明かりが灯《とも》された庭がよく見える。

会場の高い天井《てんじょう》から吊《つ》るされたシャンデリアはめいっぱい輝《かがや》き、昼間よりも明るいくらいだった。

部屋に用意されている調度品や設《しつら》えてある食器までもがその光を受けて煌《きら》めいていて、正直ユイには眩《まぶ》しい。

あまり派手なことが好きではないユイにしてみれば、ただ夕食を一緒に食べるだけで、ここまで飾《かざ》り立《た》てる意味がわからないのだが、彼らにはこれが普通《ふつう》であり、少しでも他家より見劣《みおと》りするところがあれば、次の機会にはさらに豪華にして催される。

そんな繰《く》り返《かえ》しの結果がこれだ。

ユイは両親の後ろから会場の部屋に入るなり、視線を集めていることに気づいていた。

さり気なく見ているつもりかもしれないが、ユイからすれば凝視《ぎょうし》そのものだ。

原因はわかっている。どう考えても、隣のディアの存在が注目されているのだろう。

まったくの異人にしか見えない出《い》で立《た》ちであることもそうだが、ディアは綺麗すぎる。

本当に母の人形である「ジョセフィーヌ」そのもののようだ。

これで動いていなければ、人形だと誰もが信じるところだろう。いや、動いていても、背中にゼンマイがないか確かめたかもしれない。それこそセイアンで作られたオートマタという機械仕掛《じかけ》けで動く人形のように。

ユイは隣のディアを見下ろし、その姿が本当に人間なのかをまた確かめた。

ディアは見られているのに気づいているのか、それとも気にしていないのか、ユイにただ付き従うように動いているだけだった。

そして両親の隣の席に案内されて座ると、また動かなくなる。

ユイは隣にだけ聞こえる声で、そっと言ってやった。

「……俺は人形を娶《めと》るつもりはない。それに、お前は貧相《ひんそう》すぎる」

ぴくりと、ディアの眉根が動いた。

横顔だったが、確かにディアの表情が動いたのだ。

気に障《さわ》ったのか？

ユイの言葉をどう感じたにしろ、反応があったのは確かだ。

「仮にも俺の婚約者だと言うのなら、人間らしくなってもらわなければ困る」

今度はディアの瞼《まぶた》が動いた。

一度、もう一度、と速く瞬《まばた》いたのだ。

この瞬《また》きがなければ、ディアは完全な人形に見えるだろう。

そして初めて気持ちを見せるかのように、ディアは自ら首を動かしてユイのほうを見た。

水色の瞳に、ユイが映る。

「マナーは母に教えられているはずだな？　この晩餐では呆れるほどの量が出る。全部平《たい》らげろとは言わないが、人並みにならなければいつまで経っても人形のままだぞ」

水色の瞳が、強く光った。

ディアの感情が、そこに表れているのだ。

これが、本来のディアなら――

ユイはその視線を受けて、外さなかった。

「お集まりの皆様《みなさま》――」

そこで、晩餐会を開いたオウ家の主《あるじ》が祝辞を述べ、乾杯《かんぱい》になった。

ユイが主催者に目を向けると、ディアも皆に倣《なら》って乾杯用のグラスを手にしたが、ユイの機嫌《きげん》は一刻前とはまったく変わっていた。

なんの興味もなかった晩餐会だが、意識が隣の女性に動いていることに、この気持ちはなんだろうと思わないではいられなかった。

そして持ち前の観察眼でじっとディアを見る。

とりあえず、酒は苦手のようだった。

晩餐会というものは、ディアの想像を遥《はる》かに超えた催《もよお》しだった。

目の前が眩しくて、くらくらするような会場に眩暈《めまい》がしそうになったが、それよりも驚いたのはアンに改めて紹介《しょうかい》された息子のユイという男の存在だ。

ユイは軍人だった。

しかも、その証《あかし》となる右耳の紅玉《こうぎょく》を見間違《みまちが》える者は皇国にはいないだろう。

魔術士だったのだ。

軍服に身を包む魔術士の隣に、ディアが並んでいる。

これほど滑稽《こっけい》なことはないのではなかろうか。

あまり世間に詳《くわ》しくないディアでも、皇軍の魔術士がどんなものかは知っている。

魔術士の彼らは誰ひとりとして、軽く扱えるような存在ではない。

神教とあまり仲がいい印象は受けなかったけれど、魔術士がどれほどすごいことを成せる者たちなのかは、養父の話しぶりからある程度は理解していた。

よく知らない存在でありながら、畏怖《いふ》と尊敬の対象でもあった。

幼い頃に発現するという魔力はひとりひとり違っていて、しかも一見して誰がどんな魔力を持っているかはわからないという。

けれど、普通の軍人より上位の者であることは確かだ。

そんな人が隣に座っていることに落ち着かなくなったのだが、よく考えれば、ディアが遠慮《えんりょ》しても意味のないことだったと思い直した。

ディアはこの男に売られたようなものだからだ。

皇国での成人は十八。異人特有の外見のお蔭で年上に見えるけれど、実際ディアはまだ十六で、幸いにもすぐに結婚出来るわけではない。

しかし結婚は出来ないにしても、ディアへの態度が変わるわけではないだろう。

相手は魔術士なのに、どうして異人であり、生活力もなく無気力なディアをあてがおうとするのか。アンの意図がわからない。

皇国を護《まも》り、そして戦う皇軍に所属する軍人は、皇国に住む者にとって憧《あこが》れの存在である。

そのうえ雲の上の存在にも等しい魔術士であるなら、結婚相手などよりどりみどりでもおかしくないはずだ。

それにユイは表情も硬《かた》く、愛想《あいそ》もない。

本当にいつもにこやかで明るいアンの息子なのだろうか、と疑うほどだ。

そんなことを考えていたところで、耳に言葉が届いた。

「――本当に人間か？」

聞き間違いだろうか、とディアは耳を疑ったが、間違いではなかった。

「俺は人形を娶るつもりはない。それに、お前は貧相すぎる」

どういう意味？

「仮にも俺の婚約者だと言うのなら、人間らしくなってもらわなければ困る」

この男は私を見下しているの――？

そしてディアは気づいた。

このユイという男に、母親がディアをあてがったのは、彼自身のせいなのだ。

そのために、ディアをこれまで世話してくれていたに違いない。

ディアなんかを押しつけられて可哀想《かわいそう》だと思っていたが、そうではなかった。この人がディアを押しつけられるような、最悪な男だったのだ。

魔術士だというのに、ディアを娶らなければならないほど相手がいない。

そしてそんな男に、「人形」と見下されるディア。

私は、どうしてこんなことをしているの……？

美しく飾り立てられ、魔術士であるユイの隣に座らされ、今までの人生とは真逆の状況に放り込まれて、それでも生きている。

美味《おい》しくもないお酒を飲まされて、食べたくもない大量の料理を食べさせられる。

これに甘《あま》んじて生きなければならないことを、何かしたのだろうか？

晩餐会は終始和《なご》やかなものだった。

貴族たちは皆知り合いらしく、広い部屋に集まった大勢の人たちは食事をしながら会話を楽しんでいる。

隣のユイでさえ、言葉少なではあるが、話しかけられれば返事をしていた。

その中で、ディアはまさに人形のように、ただ手を動かして食事を口に運んでいるだけだった。

そしてその行動は、腹立ち――怒《いか》りからくるものであることに、お腹いっぱいになるまで食べてから気づいた。

怒ってる――なぜ、私、怒っているの？

無気力で、流されるままますべてがどうでもいいと思っていたはずなのに。ディアは今、まさに怒っている自分に驚いた。

怒ってもどうなることでもないのに。

ユイの言う通り、ディアは人形でいたかった。

母がいないと知り、養父であるモルももういない。

モンスターに見つかってはならないと母に言われ続けていたのに、こんなに大っぴらに姿を見せていては、これまで隠れて暮らしていたこともなんの意味もない。

私――なんのために生きていたのかしら――？

ディアは気づいた。

気づいてしまった。

これまで、養父に頼《たよ》りきって、必死に隠れながら生きていた意味。そして、異人ということを見せびらかすように、売られた男のもとに嫁《とつ》いで生きる意味。

いったい、私はどうしたら——どうすれば——

ディアはこの時、初めて自分の足元がずいぶん危《あや》ういものの上にあることに気づいた。

それこそ、生きている意味はあるの——？

ディアはずいぶんぼうっとしていたようだ。

気づけば晩餐は終わりのようで、ユイに促《うなが》され席を立たされる。

「——これから、男女に分かれての付き合いがある」

低い声が、耳に届いた。

怒ったように聞こえる硬い声と表情は、不機嫌にしか見えない。

ディアが視線を少し上げると、眉間《みけん》に皺《しわ》を寄せたユイがいる。

「母に付いて行くんだ。子供ではないんだから迷子にならないように」

「——」

呆れ半分、期待も何もないような声に、ディアを見下す言葉に、ディアは知らず眉根を寄せた。

けれど、何かを言わなければと思うより前に、ユイはディアに背を向け、他の男性たちと違う部屋へ移動して行った。

ディアが思い耽《ふけ》っている間に、確実に時間は過ぎていたようだ。

会場は移動する人々でいっぱいだった。

視線を彷徨《さまよ》わせると、側に座っていたアンも友人を見つけたのか他の人と一緒に歩き出している。

けれどちゃんとディアを見て、誘《さそ》うように笑っている顔に、ディアはほっとして足を動かした。

どうやら女性陣《じん》は、広いサンルームのような部屋に案内されているようだ。

「――ディア、ここにいてちょうだい」

部屋に入るなり、いつの間にか側に来ていたアンに言われ、ディアは入り口側のソファの端《はし》に腰を下ろす。

アンは他の友人だろう婦人たちと一緒に部屋の奥《おく》へと進んでいく。

どうやら、女性とはいえ誰でも一緒にいられる場所ではないようだ。

年齢で分かれていると気づいたのは、ディアの周りに座っている女性たちを見てからだった。

アンのように、奥に向かうのは年配の人々で、ディアの周りに留まった女性たちはディアと同い年か、少し年上の若い娘《むすめ》ばかりだ。

若いけれど、上流貴族の娘たちなのだろう。

もちろん、ディア以外は皆知り合いで、仲も良さそうだ。

彼女たちはディアを眺めて、隣同士で耳打ちするように囁《ささや》いて笑い合っている。

あまり良い態度ではないと、身分の低いディアでもわかる。

けれどこの中で、確かに一番身分が低いのはディアだし、場違《ばちが》いなのもディアだ。皇国の人々ばかりの中に、異色の自分がたったひとり混じっていれば、興味も向くだろう。

目立つことは理解していた。

けれど何をどう思われても、自分の外見など今更《いまさら》どうにか出来るものではない。

この忌々《いまいま》しい金色の髪をどうにか出来るのであれば、今頃《いまごろ》ディアはこんなところにいなかった。

そして、不機嫌なあの魔術士にだって売られていない。

あの人は——私を、子供みたいに。

迷子になるな、と言ったのだ。

あの状況《じょうきょう》で、迷子になる人間がいたら見てみたい。

どこまで人を馬鹿にしているのだろう、とディアはまた怒りを胸に抱《だ》いていた。

本当に人の良いアンの息子なのだろうか、と疑うのも仕方ない。

もしかして、養子とか——

ディアは自分が血も繋《つな》がらなければ知り合いでもなかった教師に養育されたことを考え、アンとユイの関係を考えていたが、声をかけられたことで一時中断した。

「——貴女、リュウ家のユイ様と一緒にいらした方よね？」

一瞬《いっしゅん》誰のことか、と思ったが、ユイ・リュウとはディアの隣にいた男のことだ。

話しかけられているのだと気づき、ディアが視線を上げて見渡《みわた》すと、周囲にいた若い娘たちの視線はすべてディアに注がれていた。

いったい何事だろう、と思っていると真正面にいた女性が綺麗な笑《え》みを向けながらまた問いかける。

「ねぇ、言葉は通じていて？　私の言っている意味が、わかるかしら？」

「まぁミン様、さすがに異人でも言葉くらい……」

「あら、でも国が違うと言葉が違うことがあるんですって。前にお父様から聞いたことがあるのよ。遠い蛮国《ばんこく》には不思議な言葉を使うところがあるんですって」

「そうなの？　ミン様は博識でいらっしゃるのね」

「本当に」

くすくすと笑い合っている声が聞こえる。

彼女たちの会話は和やかだが、その内容は穏《おだ》やかではない。

優《やさ》しい声ではあるものの、異人のディアを見下して嘲笑《あざわら》っているのだ。

ディアは皇国から出たことがない。

異人そのものの見た目であっても、自分は皇国の住人だと思っている。

けれどどこでそれを言って、どうなるというのだろう。

ディアを笑う彼女たちは、ディアに否定してもらいたいわけではない。

彼女たちはただ、ディアを見て嗤《わら》っていたいのだろう。

隠れて生きてきて、世間を知らないディアでもそれくらいは理解出来た。

答えないディアを見て、またひとしきり笑い合った彼女たちは、笑顔のまま鋭《するど》い視線を向けた。

「――貴女がユイ様の婚約者、だなんて……そんな噂があるのだけど」

「まさか！　アン様が珍《めずら》しさで連れまわしているだけでしょう？　この外見ですもの、目立つことは確かだけれど……」

「ねぇ、皇国の名家のひとつ、リュウ家にまさか異人なんて……」

「魔術士でもあられるユイ様に、まさかこんな方……ユイ様には、ミン様のほうがお似合いだわ」

「そうよ、本当にミン様とユイ様はお似合いだわ！」

「――あら、そうかしら……？」

ミンというのが、最初にディアに話しかけた女性らしい。

皇国の者らしい真っ黒の髪を綺麗に結《ゆ》い上《あ》げ、赤い花をちりばめて飾《かざ》っているのが愛らしい女性だ。

他の女性たちに口々に褒められ、持《も》て囃《はや》されているのが満更《まんざら》でもないのか絶えず笑っている。

そして何も言わないディアを、笑みを浮かべながら鋭い視線で見ていた。

「本当に口が利《き》けないのかしら……アン様は珍しいものに対して好奇心が旺盛ですけれど、ユイ様は巻き込《まこ》まれて大変ですわね」

巻き込まれて――？

ディアは彼女らの言い分を耳にして、自分の気持ちが揺《ゆ》れたのに気づいた。

巻き込まれたというのなら、それはむしろディアのほうだ。

ディアは好きでここに座っているわけではない。

いたくているわけでもない。

自分から、ユイの婚約者に立候補したわけではないのだ。

異人を押しつけられるユイに問題があるのだろうと思ったけれど、彼女たちの反応を見る限り、それなりに人気のある男のようだ。だが、ディアにその良さはわからない。もしくは貴族にしかわからないことなのかもしれない。

生粋《きっすい》の皇国の人間でいることに矜持《きょうじ》を持つ彼女たちからすると、異人でしかないディアは見下して当然の対象のようだ。

そのディアをあてがおうとするアンの意図するところは正確にはわからないが、彼女たちの不躾《ぶしつけ》な視線を浴び続ける理由もディアにはなかった。

しかしここで言い返したところで、状況が変わるわけではないだろう。

ディアが何かを言っても、不敬だと罵《ののし》られるのが落ちだ。

そう思うとますます口を開く気がなくなる。

何も言わないディアに対し、彼女たちはさらに遠慮がなくなっていく。

「異人であっても、皇国にいるのであれば言葉くらいは覚えておくのが普通でなくて？」

「そういえば先ほどのお食事も、呆れるほど召《め》し上《あ》がっていらしたわ」

「あんなお食事、召し上がったことがなかったんでしょう、仕方がないわ」

「でもユイ様のお隣《となり》で……なんてはしたない」

「ユイ様も呆れていらしたわね」

「そうそう」

好き勝手に話す彼女たちには、ディアがどう見えているのか。

ディアが何を考えているのかすら、関係ないようだ。

言っても仕方がないとただ黙っていただけだが、さすがにディアも気分は良くはない。

そして、このまま彼女たちの非難を浴び続けなければならない理由もないと気づき、ソファから立ち上がった。

ディアが動いたことで、周囲の彼女たちは驚いたようだったけれど、ディアは誰とも視線を合わせずそのまま背を向け、サンルームを出た。

勝手に出歩くものではないのかもしれないけれど、所詮《しょせん》ディアに貴族の付き合いを理解しろというのが無理な話だ。

部屋を出ても、この大きな屋敷から出るわけではない。アンはまだ他の友人との話が終わらないだろうし、外で待っていても不都合はないだろう。

不躾《ぶしつけ》な人々の声が聞こえなくなっただけで、ディアは煩《わずら》わしさから解放された気がして少し胸を撫《な》で下《お》ろした。

けれど、どこにいてもディアは目立つ。

仕方のないことだけれど、部屋の外で待機していたこの屋敷の使用人たちからの無遠慮《ぶえんりよ》な視線にも辟易《へきえき》する。

じろじろと眺められる視線は、あまり好意的なものではなかった。

それはリュウ家の、アンの使用人たちとはあまりに違うと、今になって改めて気づいた。

ディアは、アンはいったいどういう人なのだろう、と不思議になる。

盗賊に攫《さら》われたディアをまた攫い、連れまわしながらも高待遇《こうたいぐう》の世話をしているということは、流されるままになっていたディアにもわかった。

あんなに不愛想な息子を持って可哀想に、とアンに同情しながら、ディアはここの使用人たちの視線から逃げるように足を動かしていた。

気づくと、人気のない場所にいた。

ここは――どこ？

そんなに遠くまで歩いたつもりはない。

しかし、さっきまでうるさいくらいだった人々の喧騒《けんそう》はもう聞こえなかった。

見渡すと廊下《ろうか》であることはわかるが、サンルームでのことを考えると戻りたくはなかったし、かといってこのまま知らない場所を勝手に進んでいくのも躊躇われる。

ディアがどうすべきか迷っていたのは一瞬だった。

すぐに背後から声をかけられたからだ。

「――こんなところで何をしている？」

振《ふ》り返《かえ》ると、ユイがいた。

やはり不機嫌そうな顔で、ディアを見ている。たった数歩でディアの前まで来て見下ろしていた。

「……耳が聞こえないのか口が利けないのか」

訝しんだ様子で呟《つぶや》いた言葉に、ディアはそういえばユイとは一言も会話をしたことがないのを思い出した。

正直なところ、アンや他の使用人たち相手では話すことを強要されなかった。与《あた》えられるものを受け入れていれば、彼女たちは満足している様子だったからだ。

そしてディア自身、どうなってもいいと思っていたこともある。

どう答えるべきかとディアが考えているうちに、ユイの表情が変わった。

「いや、だがよく食べていたな」

笑った……？

口端《くちのは》を歪めるように目を細めた表情を、言葉で表すならそうなるのだろう。

これまでの不機嫌で固まったような顔を見ていると、それ以外の顔はしないのではとディアが勝手に思い込んでいたようだ。

目を瞬かせ、見間違いではないのかと思ったが、ユイは確かに笑っているようだ。

ディアは驚いたものの、笑っている内容をよく噛《か》みしめれば笑うところではない。

食べろ、と言ったのはユイだ。

言われた通り食べていたのに、笑うなんてひどい。

「――貴方《あなた》が、言ったのに」

ディアは発された自分の声を耳にして、驚いた。

言うつもりはなかった。

不機嫌で不躾な男と口を利く気ではなかった。

けれど、ディアの声は自分の意思より先に出てしまっていた。

ユイはそれを咎《とが》めるかと思ったが、ディアの予想に反してただ頷《うなず》いた。

「そうだ。お前はもっと食べて肉をつけなければならない。骨と皮の子供となど、結婚する気にもなれないからな」

「――結婚」

「結婚だ」

「……するの？」

「お前はあの母から逃げられると思っているのか？」

ディアは、あまりに簡単にユイが結婚を口にしたので片言《かたこと》で聞き返したことに対し、また当たり前のように返されて困惑《こんわく》した。

アンが何を考えているのかはわからない。

どんな男でも、売られる先は一緒だと思っていたディアは、自分がどうなろうとも深く考えていなかった。

けれど目の前に立っているユイは魔術士であり、不機嫌な顔をしているが人を買って満足するような人間には見えない。

さらに先ほどのサンルームでの他の女性たちの会話から、相手がいなくて困っているわけでもないようだ。

いったいどうして、大人しくディアとの結婚を受け入れようとしているのか。

母親に言われたから、という理由で受け入れるような人間にはとても見えなかった。

「向こうに、たくさん、貴族の女性が」

また片言になってしまったが、ディアの言いたいことはユイにもわかったのか、目を細めてまた不機嫌を表していた。

「サンルームにいる者たちなど、興味はない。お前も彼女たちと気が合わなかったから、こんなところにいるんだろう」

それはそうだが、ユイと同じ気持ちだとわかっても、ディアはあまり嬉しいとは思わなかった。ユイの表情が、嬉しそうにはまったく見えなかったからだ。

彼女たちも、そしてディアのことも嫌厭《けんえん》していると言われれば納得《なっとく》するような顔だ。

「自ら動こうという意思があるのはいいが——勝手に出歩いて迷子になるなら話は別だ」

「迷子、なんて――」

ユイは、ディアに呆れているのだ。

迷子になるな、と言われてこんなところでうろついているディアを、もしかしたら怒っているのかもしれない。しかしディアも素直《すなお》に謝る気はなかった。

ちょっと場所がわからなかっただけで、迷子じゃないもの。

自分でもおかしな言い訳が浮かび、だがそれを口に出来るほど子供でもなく、結局ディアは口を尖《とが》らせたまさに子供のような顔になっていることに気づかなかった。

「まぁ迷子になるだけの気力があるなら、いい」

どういう意味だ、とディアが眉根を寄せると、ユイはまた口元を少し緩めた。

「それにどこにいても、すぐに見つけてやる」

また笑った、と驚いたが、ユイの「どこにいても、見つけてやる」という言葉にさらに混乱する。

どう、いう、意味なの――

深く考えると顔が熱くなりそうで、ディアは狼狽《うろた》えるのをどうにか抑《おさ》え込《こ》んで、話題を変えようと必死に頭を働かせる。

「あの……あの人は、何を……？」

ユイは眉根を深く寄せた。

「あの人？　それは母のことか？　母をそんなふうに呼んでいるのか？」

仮にも相手は貴族の女性だ。

一方的に捲《まく》し立てられるだけで、会話というものをちゃんとしたことがないディアは、ユイの言葉でずいぶん己が無礼を働いていたと今になって気づき、顔が青ざめる。

しかしユイは溜め息のようなものを吐き出しただけだ。

「……母の苦労も報《むく》われないいな——いや、人形遊びに夢中なのだから、苦労などと思ってもいないのか」

どういう意味だ、とディアがユイを見上げると、意外にもそこに怒りは見えなかった。

「名前で呼んでやれば、母は喜ぶだろう。そんな人だからな」

「そんな、人……？」

どんな人なのか、ディアにはさっぱりわからなかった。

今のところ、悪い人ではないにしても、ディアを着飾って遊ぶ貴族の変な人、という印象でしかない。

しかもこんなディアを息子の妻にあてがおうとしているのだ。何を考えているかなど、さっぱりわからない。

「母が誰かを助けるのは趣味《しゅみ》のようなものだ。特に盗賊——人攫《ひとさら》いなど見つけた時には、皇軍など待っていない。困った人だが、困ったことに悪い人ではない」

悪い人ではないだけに、困っている、と言うユイにディアは目まぐるしく頭が動き出した。

「……私、助けられた？」

　ぽつりと呟いたことに、ユイが真面目な顔をした。

　盗賊に攫われたことはわかっている。

　そしてそこからアンに連れ去られて、リュウ家で衣食住の世話になっていることもわかっていた。

「……まさか、今まで気づかなかったとでも？　うちにいることを、なんだと思っていたんだ？」

　ユイが呆れた声を出しているのは、ディアにもわかった。

　待遇が良すぎておかしいと、ディアは今更ながらに理解し、白い顔を赤く染める。

　そもそも、盗賊から攫われた者を助けた後で、ただ保護するだけでなく、手厚く世話をされていたことは、世間知らずのディアでもおかしいと思うべきだったのだ。

　それに対して何も思わなかったのは、心が壊れていたからだ。

　しかし今は、自分に感情があることを少し思い出している。いや、強制的に思い出させられているように感じた。

　心を塞《ふさ》いで、何も感じないでいたかったディアは、今はっきりと、自分の気持ちが動いていることに気づいた。

「母はお前の相手をするだけで満足だろうからいいが、それでも会話くらい、人間ならあってもおかしくないだろう。それとも、人形のままでこの先も生きていけると思っているのか？」

人形、と言われたことにディアは紅潮した顔で相手を見上げた。

「……私、人形では」

「今は、ようやく人形から一歩進んだところだな」

ユイの手が、赤くなったディアの頬《ほお》をそっと撫《な》でた。

あまりに一瞬のことで構えることも出来なかったが、頬に触れた感触《かんしょく》は確かにあった。

ディアは、ユイのその行動に驚いたが、ユイ本人はまったく気にはしていないようだ。

「生憎《あいにく》俺は、人形を相手にする気はない。せめて人間に進化してもらわなければ結婚など無理だ」

進化？　無理？

ディアは立て続けに言われる言葉に驚き、そして憤《いきどお》り、結果困惑して自分のことだが何を言ってどうすればいいのかがわからなくなった。

そもそも、ユイはいったい何がしたいのか。

さっきから当たり前のように言っている「結婚」を、本当にディアとする気があるのだろうか。

まさか――？

ディアは自分で自分を否定しながら、ユイをもう一度確かめるように見つめる。

黒く短い髪は整えられていて、清潔だ。黒い皇軍の軍服は、鍛えられているのか体格の良い身体にとても似合っている。胸元を飾る徽章と並んでいる勲章は、ただの一兵卒ではないとも教えていた。

そして何よりも見間違えようのない、右耳を飾る赤い石。

ユイは魔術士なのだ。

「……貴方は、私と、結婚する、の？」

「母を止められる術《すべ》を思いついたら教えてくれ」

息子の立場というのは、母であるアンにどうしても逆らえないものなのだろうか。

ディアへの対応を見ても、人に対して遠慮するような性格には見えず、自信溢《あふ》れる態度は不遜《ふそん》にも思える。

意地の悪い言い方をして、わざとディアを追《お》い詰《つ》めて楽しんでいるようでもある。

ただ、ディアを傷つけようとするような何かはまったく伝わってこず、ディアは不思議に思った。

「でも……貴方は、魔術士だわ」

「そうだ」

「魔術士、なのに……？」

どうして軽々しく、与えられた結婚を受け入れようとしているのか。

考えれば考えるほど、そしてユイを知るほど、ディアと結婚する意味がわからなくなる。

それに、ユイの視線が一瞬たりともディアから離《はな》れない。

どうして、そんなに見つめるの——？

自分の気持ちに狼狽えながら、貴族であるアンや、魔術士でもあるユイのことがさらに不思議でわからなくなったディアは、どうしてなのか理由を聞こうとしたところで、ほかの声が割《わ》り込《こ》んできた。

「——これはこれは、時計の魔術士殿《どの》ではありませんか」

その声を聞いて、ユイの手がディアの肩《かた》を掴《つか》み自分のほうへと引き寄せる。

いきなり距離《きょり》がなくなったことにディアは驚いたが、ユイはそのまま腰に手を回し抱き寄せ、相手に向かった。

「カク・オウ殿。本日はお邪魔《じゃま》しております」

「料理はいかがでしたかな」

「とても美味しく、楽しませてもらいました」

声をかけてきたのは、オウ家の人のようだ。

ディアは初めて見るが、おそらく先ほどの晩餐会にもいたのだろう。カクと呼ばれた人のほかにふたりほど一緒にいるが、皆同じような不気味な顔で笑ってこちらを見ている。

ディアは知らずユイの軍服の裾を握《にぎ》っていた。

彼らの顔は、笑っているが、好意的なものではないとディアにもわかったからだ。

まるで、私を攫って楽しんでいたあの盗賊のような——

ディアはそう思うと、ますますユイの側から離れられなくなる。

そしてユイも、ディアを離すつもりがないと思っていることが腰に置かれた手でわかった。

その腕に安堵《あんど》していることに、ディア自身は気づいていない。

カクはディアを舐《な》めるように見て、さらに目を細めた。

「——そちらが噂の、時計の魔術士殿の婚約者ですかな。まったく、これでは今日の話題が彼女一色なのも無理はない」

「本当に、ユイ殿、羨《うらや》ましいですな」

彼らが心から褒め言葉を言っているわけではないとディアにもわかる。

今日の晩餐会は、フェイフーの町の隅《すみ》で隠れるようにして暮らしていたディアには、会うことすら難しいような貴族の人たちばかりだ。

そんな人々が、いったいディアの何を話すというのか。

異人の姿を見て、嘲《あざけ》っていたのだろうか。

「時計の魔術士殿ともなれば、我々とはお相手が違いますな」

「おひとりが好きなのだとばかり思っていましたが……」

「まさかかのようなご趣味だったとは、まったく」

違う。

ディアは彼らの視線がディアを見ながら、別のことを指していると気づいた。

彼らは、ディアを嘲笑《ちょうしょう》しているのではない。

ユイを嘲笑《あざわら》っているのだ。

どうして――どうして、この人を？

ディアにはさっぱりわからなかった。

皇軍に所属し、魔術士でもある貴族のユイを、いったいなんで彼らは貶《おとし》めるのだろうか。

そもそも異人であり、資産はおろか、なんの後《うし》ろ盾《だて》も持たない唯人《ただびと》のディアには手の届かないような人なのだ。

先ほどの女性たちのように、場違いな場所にいるディアのほうが貶められて当然のはずなのに。

「ああ、そういえば時計の魔術士殿。先日うちの大時計が壊れましてね、良ければ見ていただきたいのですが」

「ああ、それはいい」

「ちょどよかったですね、カク殿」

どういう意味だろう、とディアが考えるより前に、ユイが動いた。

「――申し訳ないが、私の力は軍規で使用場所を決められているので」

「おや、時計ひとつ直すだけですぞ？」

「ははは、それも制限されるとは、大変ですなぁ」

低い声で答えたユイに対し、彼らは大きな声で笑っていた。

ユイはここから離れようとディアを促した。

「カク殿、もう帰らねばならないので、退席のご挨拶《あいさつ》を。本日はお招きありがとうございました」

「もうですかな？　まだ夜はこれからだというのに」

「仕事がありますので、では」

笑いながらかけられた声に、ユイは硬い声で返し、ディアの腰を抱いたまま彼らに背を向けて歩き出した。

背中には、いつまでも彼らの笑い声が聞こえてくるようだった。

「……あの」

「いいんだ。そもそも帰ろうと思ってお前を探していたのだから。父には先に帰ると言ってある」

ディアの言葉を遮《さえぎ》り、ユイは本当にそのまま玄関に向かい、用意された馬車に乗り込んだ。

動き出した馬車の中で向かい合わせに座ると、ユイは俯《うつむ》き、眉根の皺《しわ》を深くして腕を組んで深く息を吐く。

その様子が、さっきまで一緒にいた相手と同じだと思えず、いったいどうしたのかとディアは呆然《ぼうぜん》と見ていた。

ディアの視線に、ようやくユイが顔を上げる。

「……時計の魔術士というのが気になるのか」

それはそうだ。

魔術士というのは、誰ひとり同じではない。

誰がどんな力を持っているかなど、見た目ではわからない。

ユイは軍服の胸元に手を入れ、内側から丸い時計を出した。

細い鎖《くさり》のついた、金色の綺麗な時計だった。

「祖父の形見だ」

差し出されて、思わず手を出して受け取ってしまったディアは固まった。

そんな大事なものに、自分が触れていいのか戸惑《とまど》ったのだ。

しかしユイは気にしていないのか、ディアの手にある時計を見ながら話す。

「壊れたそれを直したのが、俺の最初の魔力だ」

「直した……？」

「壊れる前に、時間を戻したんだ」

ディアは目を瞬かせた。

壊れたものを、直す――それが本当なら、ユイの魔力はすごいものだ。

魔術士は、本当に普通ではない力を持つ者なのだ、と改めて驚いたが、ユイの表情は称賛《しょうさん》されて喜んでいるようなものではなかった。

「魔力が発現すると、皇国――皇帝《こうてい》にどんな魔力なのかお伝えする必要がある。他の貴族たちも集められた場所で、俺は彼らに見られながら、この時計を直した」

ディアの手にある時計は、小さな機械音を立てながらちゃんと動いていた。

機械仕掛けのものは、高価だというのが一般的《いっぱんてき》だ。ディアにはそれらのすごさを正確には理解出来ていないけれど、精巧《せいこう》な作りで、これはとても一般の人間が手に出来るものではないことはわかる。

こんな大事なものが、壊れたままでなくて良かったと思うが、ユイが言いたいのはそういうことではないようだ。

「ついさっき壊れた時計は直せたが、前日に壊れた時計は直せなかった。それが、俺の能力だと公開された」

つまり——

ユイの言いたいことが、なんとなくディアにもわかった。

ユイの魔力は時間を戻せるが、巻き戻す時間にも限度がある、と言いたいのだろう。

そして先ほどのカクやほかの貴族は、ユイのそんな能力のことを知っていて、魔術士であるユイを時計の修理人だと嘲っていたのだ。

ディアにはわからなかった。

いつも不機嫌な顔をして、ディアには意地悪なことを言い、不遜な態度は親の前でも改めようとはしないユイが、どうしてあの場で言い返さなかったのか。

少し話しただけでも、ユイが非難をやすやすと受け入れるような人間には思えなかった。

ディアは時計をユイにそっと返しながら、訊《き》いた。

「……どうして、さっきは」

「言い返さなかったのか？」

ユイはディアの考えていることがわかるように、続きを言う。

たとえ出来ることが小さくても、魔術士であることに違いはない。

普通ではない力があって、それを皇軍のため、皇国のために使っているのだから、誰に誹《そし》られる謂《いわ》れもないはずだ。

ユイは時計をまた胸元に戻し、笑った。

今度は口元だけを歪める何かを嘲笑するような笑みで、こちらを見ているわけではなかったけれど、同じ空間にいるディアも背中がぞっとするような感覚に陥《おちい》った。

「俺が軍人だからだ」

それが何を意味するのか、とディアが首を傾《かし》げたところで、ユイが笑った。

「あんな小物を相手にする必要はない」

その揺るぎない自信を隠さないのは、ユイらしいとディアは感じてしまった。

3章

chapter.3

ディアは皇軍のことをまったく知らないようだった。

そもそも、ユイが軍人であることも、晩餐会《ばんさんかい》で会った時に初めて気づいたようだ。

最初に会った時もユイは軍服を着ていたのだし、母に呼び出される度《たび》、顔を見せるくらいはしていたのだが、記憶になかったようだ。何度見ても人形そのものにしか見えなかったディアは、中身も人形同然だったのだろう。

皇軍《こうぐん》第二部隊、三班隊長。

それがユイの立場だ。

貴族として、リュウ家の一員として動いていないユイは、完全な軍人だ。

しかしディアは皇軍のことをまったく知らないのか、第二部隊と言ったところで何を示すのかわかっていなかった。

どれほどの世間知らずかはわからないが、知らないままでいていいものではない。

ユイは帰りの馬車の中で、自分の魔力《まりょく》のことよりよほどいい話題だと、子供に教えるように聞かせた。

皇軍は四つの部隊に分かれている。

第一部隊は要人警護《けいご》。彼らはまず、皇族を護《まも》るために訓練されている。皇都ザーランの中心は皇族のいる皇居だ。そこから円周状に政務を行う公舎《こうしゃ》があり、さらにそれらを囲うように皇軍の庁舎と訓練場が広がる。そこと市井《しせい》を隔《へだ》てるための巨大《きょだい》な塀《へい》があり、中と外を行き来するには必ず皇軍の検問を受けなければならない。出入り口は東西南北の門で、軍人だろうと皇族だろうとそこを通る。

この壁《かべ》の中の者を護るのが第一部隊の仕事だが、皇族に一番近い場所にいるため、皇軍の中でも花形の部署になる。

第二部隊は諜報部《ちょうほうぶ》。一班から三班まであるが、職掌《しょくしょう》は変わらない。国内外から集まる情報をまとめて、皇族——皇軍をまとめる第二皇子《おうじ》であるロランへ報告をする。量が多いため単純に仕事を三等分するのだが、一班隊長は公《おおやけ》の場に姿を見せないので、結局二班隊長と三班隊長がすべてを引き受けているのが現状だ。

第三部隊は軍事と軍備。争いがあればまずこの部隊が出向いて収める。第一部隊が護りに強化されているとするなら、第三部隊は攻撃《こうげき》に特化していると言ってもいい。好戦的な者が多く、取りまとめるのにも苦労する。

第四部隊は町警備。これが一般的《いっぱんてき》に、多く見られる軍人だった。町の治安を第一に考えているため、各町を毎日警邏《けいら》しているし、何か問題が起こればすぐに動くのがここだ。国民から上がってくる陳情書《ちんじょうしょ》などを受けつけるのも第四部隊の仕事だった。

皇国インロンは、とにかく国土が広い。

この大きな国をまとめるのは、いくら力が強くとも皇族だけでは出来ないことだった。

だからその手足となる、皇軍が存在するのだ。

皇軍は皇族がつくり上げた、国のために動く皇国の要《かなめ》でもある。

だから市井の者からは尊敬の対象であり、憧《あこが》れられる仕事でもあった。

もちろん、皇軍の中でも、魔術士《まじゅつし》の存在は格別だ。

各隊長はほとんど魔術士が占《し》めているほど、その力は大きい。

皇国では、魔力が発現するとその力の扱《あつか》いを学ぶために、皇軍に放《ほう》り込《こ》まれる。

普通《ふつう》は五歳から十歳までの幼い頃《ころ》に発現することが多く、その年から軍人の中で育てられるのだ。

自分の魔力をうまく扱う方法を考えながら、軍人としての教育も受ける。

成人した魔術士が皇軍の中でも際立《きわだ》った存在になるのは、経験年数の違《ちが》いからもわかることだった。

けれどやはり、貴族の中には軍人を、扱う能力によっては魔術士さえ侮《あなど》る者が少なくない。

晩餐会で会ったオウ家の者は、それが顕著《けんちょ》だった。

ユイの魔力が発現したのは、わずか三歳の時だ。

異例の幼さでもあり、その魔力に注目が集まったのも確かだ。

しかし結果として、ユイが出来たのは直前に壊《こわ》れた時計を元に戻《もど》すことだけだった。

彼らはその事実を忘れはしない。

いつまでも覚えていて、それを嘲《あざけ》って笑うのが楽しいのだ。

決して今のユイを見ることはない。

そんなオウ家のような者たちと付き合う必要性もなく、思考に留《とど》めておくことすらユイには面倒《めんどう》なだけだが、ディアは違うようだった。

自分のことを省いた説明だが、ディアは皇軍の素晴《すば》らしさに子供のように目を輝《かがや》かせて感心し、魔術士を貶《けな》す者たちに憤《いきどお》っている。

はっきりと表情が動くわけではない。

態度に表れているわけでもない。

ただ、水色の硝子玉《ガラスだま》のような瞳《ひとみ》が、感情を映しているのがユイにははっきりとわかった。

本当に何も知らないんだな。

そう思うと、人形というより子供にしか見えない。

ただし、恐《おそ》ろしく綺麗《きれい》な子供ではある。

ディアは驚《おどろ》くと、二度素早く瞬きをする。

怒《おこ》ると瞳が煌《きら》めき、視線がしっかりとする。

混乱している時は、綺麗な形をした目が少し細まり、眉根《まゆね》が動く。

頬《ほお》が紅潮し、片言《かたこと》ではあっても、言葉を紡《つむ》ぐために動く唇《くちびる》はなめらかだった。

ディアが初めて人間らしさを見せた時、思わずその頬に触《ふ》れてしまったのは、ユイ自身でも予想外のことだった。

触れたいと、確かめたいと思うよりも前に身体《からだ》が動いていた。

人形でなくなったディアを、本当に人であるのか、と確かめたかった。

つい先日までは、まるきり人形のようでユイの興味を引くものではなかったが、人間らしさの片鱗《へんりん》を見せられるようになったのは、母の努力の賜物《たまもの》か、ユイの態度の悪さか。

おそらく後者だろう。ディアの最初の反応は、怒《いか》りに近かった。

ディアの感情を動かすものが、己《おのれ》であるということに、知らずユイは満足感を覚えた。

ユイの話を、子供のような純粋《じゅんすい》さを見せて聞き入るディアに、ユイは次の言葉が出るのを自分でも止められなかった。

「ディア、魔術士が怖《こわ》いか」

自分で聞いていながら、何を言っているのか、と罵《ののし》りたくなる。

意味のない問いかけだった。

憧れの色を見せて皇軍のことを聞いていたディアの反応など、わかりきっている。

目を二度瞬かせたディアは、小さく首を横に振《ふ》った。

怖がってなどいない。

ただ、改めてすごさを理解しているだけだ。

「俺の仕事は――」

ユイは何を言っているのかと自分に呆《あき》れながら、第二部隊のもうひとつの職掌のことを素直《すなお》に言えず、声を止めた。

諜報部である第二部隊は、各地から集めた情報でより早く犯罪を見つけ、阻止《そし》すると同時に、一般には知られないように犯罪を隠《かく》して処理するのも仕事のひとつだ。

裏ではそれが、処刑人《しょけいにん》と呼ばれることも知っている。

なぜなら隊長に選ばれるには、処刑術に長《た》けていることが必須《ひっす》だからだ。

言葉を止めたユイをどうしたのか、と首を傾《かし》げて見るディアを見て、本当に自分がどうしたのか、と問《と》い詰《つ》めたかったが、都合よく馬車はリュウ家の屋敷《やしき》に到着《とうちゃく》した。

リュウ家に戻ると、予定より早い帰宅に驚かれたものの、感じのいい使用人たちが出迎《でむか》えてくれた。

アンたちが遅《おそ》くなることも、ディアを休ませるようにと伝えたのもユイだ。

その態度は婚約者《こんやくしゃ》の振《ふ》る舞《ま》いそのもので、ディアは驚いてしまう。

本当にユイは、ディアとの結婚を受け入れるのか。

確かに、母親のアンには、気に入られているのだろう。扱いはまるで人形を可愛《かわい》がる様そのものだが、好かれていなければこんな好待遇《こうたいぐう》での生活は出来ない。

母と隠れて暮らし、養父と質素に暮らしていた頃には、想像も出来なかった贅沢《ぜいたく》すぎる毎日だ。

ディアは自分がどれほどぼんやりして暮らしていたのか、今更ながらに呆れるが、どうすることも出来ないでいる。

なぜなら、アンを筆頭に彼らは、ディアの言うこともすることもたいして気にしていないからだ。

話をすれば喜び、自らで動けば笑い、これではまるで幼子を相手にされているようなものだ。

戸惑《とまど》ったものの、一度閉じた心はなかなか動かず、ただ彼らの好意を受け入れるだけしか出来ずにいたディアに、違う変化を与《あた》えたのはユイだ。

ユイは晩餐会の後から、何度も家に戻《もど》って来るようになった。

アンに言われてのことかどうかはわからないが、ディアを伴《ともな》ってのアンとの出先にも顔を出すのだから、ディアに会いに来ていると言っても間違《まちが》いではないのだろう。

あまり深く考えるよりも、人形でいたほうが楽だと思っていたディアに、人間であることを、感情を思い出させるように言葉をぶつけてくるのがユイだった。

リュウ家で会う時は、いつも食事を摂《と》っているかどうかを確認《かくにん》してくる。

しかも貧相《ひんそう》だと言って貶すことに、ディアはいつも腹を立ててしまう。

腹を立てて焼き菓子《がし》をむきになって口に運んでいると、零《こぼ》れた欠片《かけら》が口元についているのを指で取られ、目を細められたことで笑われたのだとまた苛立《いらだ》ち、頬が紅潮してしまう。

子供扱いされている、とちゃんとアンを見習って綺麗に食べようとすると、自分の分の料理を口に運んで食べさせようとしてくる。

「嫌《きら》いなものを人に食べさせようとしないの」とアンに怒られていたが、ユイは悪びれもせずディアの口に押し込んでくる。思わず食べてしまったディアは、どう反応していいかわからずただ飲み込むことに必死になった。

庭を散歩していれば、「もっと走れ」と後ろから追い立てられることもある。

時間をかけてまとめ上げられた髪《かみ》を、大きな手でぐしゃぐしゃにしてしまってアンに怒られてもいた。「首を見せるな」とか言っていたけれど、ディアには意味がわからなかった。ただせっかく綺麗にして皆《みな》が喜んでいたのに、と気持ちが苛立った。

アンが着飾《きかざ》る容姿を褒《ほ》めることは相変わらずないけれど、醜《みにく》いと罵ることもない。

ただもっと太らせようとしていることに、もしかして太らせてから食べるつもりでは、と考えてしまう。

幼い頃、母からそんな物語を聞いたような——

そんな怖いことをされるのか、と知らず怯《おび》えてしまったが、ユイがまるで意地悪をするようにディアを揶揄《からか》い構うのは、決まってディアが人形のようにしている時だ。

ディアを、感情的にさせるような行為《こうい》にも思えたが、小さく首を振って否定する。

それだけで、あんな意地悪なことばかりを……？

本当はユイが、結婚を受け入れたくなくて、どうにかしてディアを追い出そうとしているのかもしれない。

そう考えるほうがしっくりきて、今度は小さく頷《うなず》く。

「ディア、どうかして？」

不意にアンに問われ、ディアは今自分がどこにいるかを思い出した。

夕食の後で明日の衣装《いしょう》をアンが選んでいたのだったと状況《じょうきょう》を思い出し、思考に没頭《ぼっとう》してしまっていたことに狼狽《うろた》える。

あの人のことばかり、こんなにも気になって――

優《やさ》しいとは思えない嫌《いや》な人だが、アンの大事な息子《むすこ》だ。

優しくしてくれるアンのために、付き合わなければならないのかもしれない、とも思ったが、所詮《しょせん》ディアは攫《さら》われた身だ。

どんなことをされても受け入れるしかない立場だと思うと、ディアはまた硝子玉のような瞳になっていることに自分で気づかなかった。

アンが少し悲しそうに笑ったが、一瞬《いっしゅん》目を伏《ふ》せ、今度は楽しそうな笑みを見せる。

「明日のドレスは貴女《あなた》の瞳に似合うように、薄紅色《うすべにいろ》にしましょうね。似合うはずよ。ユイが惚《ほ》れ直すかもしれないわ」

「――――」

明日、どうやらまたユイと会うらしい。

まったく話を聞いていなかったが、アンの言い分は素直に受け入れられなかった。

「迷子になるなよ」

悪い人ではない。

母親想《おも》いであるのかもしれない。

しかし相変わらず不機嫌《ふきげん》そうな顔で、何が気に入らないのか、すべてが気に入らないのか、面白《おもしろ》くない顔でディアを見てそんなことを言ってくる。

皇都の人ごみは、ディアの想像以上のものだ。

初めてアンに連れ出された時から、何度外を歩いても驚くばかりだったが、すぐ側にアンや使用人たち、そして護衛の者たちもいるお蔭《かげ》で、ディアがひとりになることはない。

目まぐるしく動く人や物に驚いてはいても、何かに興味を持つわけでもないディアに、ユイは近づいてそんなことを言い放つのだ。

迷子になるような子供ではない、と眉根が寄ってしまったが、ユイには通じないようだ。

「――その服は、また母の趣味《しゅみ》か……」

まるで溜《た》め息《いき》を吐《つ》くような言葉も、ディアの神経を逆なでする。

似合っていないと言いたいのか。

しかし自分で選んだわけでもなく、着たいと強請《ねだ》ったわけでもない。

そもそも、貴族の暮らしはおろか、普通の生活すら縁《えん》の遠かったディアだ。贅沢を与えられるような生活にふさわしくないことは自分が一番よくわかっている。

けれどそれを、ユイはどうしろと言うのか。

「この花も、母がつけたのだろう」

ユイの手が、ディアの頭の上に触れる。

そこには一部を結《ゆ》い上《あ》げた髪を留めるための花のついた髪飾《かみかざ》りがあるはずだ。

暗に、アンの趣味が悪いと言いたいのだろうか、とディアが目を眇《すが》めた時、ユイは目の前の店を示した。

「たまには自分で選んでみろ。お前の欲しい物はどれだ？」

「――――っ」

問われて、ディアは頭の中が白くなる。

驚いて、呼吸も一度止まったかもしれない。

それは、どういう意味――？

ユイの言葉を理解するのが遅く、いつの間にかアンが側にいてその店を一緒《いっしょ》に見ていた。

「あら、ここがいいの？　入ってみましょうか。ユイ、貴方《あなた》がディアの物を選んでね」

「……どうして俺が」

間違いなく、ユイは溜め息と一緒にそう言った。

しかし小さな声はディアにしか聞こえなかったようだ。

やはり、ユイはディアが嫌いなのだ。

そう思うと、なぜか胸が痛かった。

どうしてだろう、と思うより前に、腰《こし》を抱《だ》かれて店に入りながらユイはまた言った。

「――自分で選ぶことも、必要だ。お前が何を欲《ほっ》しているのか、わかっているのは自分だけなんだからな」

ユイは、ディアの隣《となり》にいると、よく腰を抱いて引き寄せる。

まるで、誰《だれ》かから庇《かば》うように、護るように側にいる。

そしてそんな台詞《せりふ》を、あっさりと口にする。

いったいこの人は、私をどうしたいの――？

貶しているのか、呆れているのか、それともただ怒らせていたいのか。

ただ、意地悪に感じられる態度でも、アンと同じ優しさを感じずにはいられない。

そんなことを考える自分がおかしく、ディアはユイといると混乱ばかりで、実のところ逃《に》げ出《だ》したいとすら考えた。

しかし、怒っていても戸惑っていてもわからなくなったとしても、ユイを確かめるように見上げると、いつも彼はディアを見ている。

どうしてそんなに見ているのだろう――

自分の存在が不安に感じられるほど、ユイの視線に動揺《どうよう》している自分がいる。

結局、どうすることも出来ず、ディアはその日も自分で何かを選ぶことは、出来ないままだった。


ディアは少しずつ、感情を取り戻しているようだった。

あの晩餐会の日から一月《ひとつき》以上になるが、ディアに会う度、それに気づく。

相変わらず多くを話すことはないが、ユイを見る目は、感情を取り戻しているように強く煌めく。

それは怒りを含《ふく》んだ時が一番強く、ついつい憎《にく》まれ口《ぐち》のようなことを言ってしまう自分に呆れるが、また子供のように可愛らしく頬を膨《ふく》らませるのでは、とそんな表情を期待する自分もいる。

しかしまだ、戸惑ったり驚いたり、怒ったりという感情だけで、ディアは笑わない。

母に何をされてもされるがまま受け入れ、喜ぶことはない。

きっと母も、ディアの好きなものを探していろいろなところへ連れ出しているに違いない。

しかしその度、護衛にとユイを呼びつけるのは勘弁《かんべん》してほしい。

ユイも仕事があり、日中から気軽に動ける立場ではないのだ。

なのに呼ばれる度に結局出向いてしまうのは、人形のようにアンに従っているディアが、ユイを見つけると途端に警戒《けいかい》し、水色の瞳を煌めかせる姿が見たいからだ。

いつもはぼんやりとして、どこに焦点《しょうてん》を合わせているのかわからない表情が多いが、ユイを見つけるとそれがしっかりとする。

はっきりと、ユイを見ている。

それが嬉《うれ》しいなどと、考えることが馬鹿《ばか》げているが、ディアにもっと自ら感情を動かしてほしいと思うのは、母の気持ちと一緒なのだろう。

そうして、母の思うつぼに嵌《はま》っているのだ。

「ユイ、私は今日もう少し寄るところがあるの。ディアをちゃんと送って行ってね」

いつの間にか用意していた二台目の馬車に乗り込む母に溜め息をぶつけたくなるが、ぶつけても仕方のないことはわかっている。

ユイは顔を上げるだけで気持ちを殺し、残されたディアを馬車に促《うなが》した。

「――仕方ない。今日はあまり長く抜《ぬ》けられないから、送るだけになるが」

「――え」

ディアが二度瞬き、ユイを見上げていた。

馬車に乗り向かい合わせに座《すわ》ると、御者《ぎょしゃ》に合図をして家に向かわせる。そして驚いたディアの顔を見て、正直に言った。

「今日の夕食は一緒に摂れない」

「そんな――」

「――ことは、望んでいないと？」

ディアの言葉を先回りして言うと、ディアの頬が少し赤らんだ。

唇をきゅっと閉じたところを見ると、見透《みす》かされた自分に怒りを覚えているのだろう。

大分わかりやすくなってきたな。

そう思ったが、ユイが望んでいるのは、もっと素直なディアだ。

いったいどう言えば、どうすれば、ディアは変わるのか。

ディアはユイを、そんなことはないと言わんばかりに睨《にら》みつけている。

その瞳が、もっと強く、俺を望めば――

そんなことを考えながらディアを見ていると、何も言わないユイを訝《いぶか》しんだのか、ディアの視線が緩《ゆる》む。

どうしたのか、と問いかけるような視線だ。

それを受けて、ユイは口を開いた。

「……家に帰りたいか」

「……！」

ディアの目がまん丸になった。

返事を聞く前に、馬車が止まる。家に着いたようだ。

ユイは御者が開けるより前に扉《とびら》に手を掛《か》けて、外に出る。

ぼうっとしたまま席に座って動かないディアに手を伸《の》ばすと、彼女は惰性《だせい》のようにそれを取った。そのまま引っ張り出すように力を込《こ》めると、ディアは素直に馬車から降りる。

「今日はもう休むように」

玄関《げんかん》から使用人が出迎えてくれるのを見て、後は任せようとユイは離《はな》れた。

ディアは使用人に促されながらも、何度も後ろを振《ふ》り返《かえ》りユイを見ていた。

そんなことをされると、離れがたくなってしまう。ユイは自分の気持ちを振りきるように、目を細めた。

子供ではないのだから、前を見て歩け。

ユイがそう思った瞬間《しゅんかん》、ディアが躓《つまず》いた。

「きゃっ」

声を上げたのは、ディアではなく支えようとした使用人のほうだ。

ユイがとっさに駆《か》け寄《よ》ったものの、目の前の小さな段差に躓いたディアはびっくりしたまま座《すわ》り込んでいる。

「大丈夫《だいじょうぶ》か」

駆け寄ったユイが声をかけても、ディアは何も言わない。

また人形に戻ったのか、と思わないでもなかったが、ユイはディアの返答を待たずに長いドレスの裾《すそ》を捲《めく》って足を診《み》る。

とっさにディアの手がそれを押さえようと伸びてくるが、ユイは構わなかった。

挫《くじ》いたのかもしれない。

そもそも、こんなドレスを着てこんなにヒールのある靴《くつ》を履《は》いていることがおかしい。

異人の特徴《とくちょう》なのか、皇国の女性より背の高いディアは、靴を履けばユイの鼻のあたりまで背があった。

こんな靴を履いて、と憤っても、今更どうすることも出来ない。

ユイは座り込んだままのディアを、背中と膝裏《ひざうら》を持って抱《だ》き上げた。

「仕方ない」

「……っ」

腕《うで》の中で、ディアが息を呑《の》んだのか固まったのがわかる。

あまりの軽さに、やはり食事をちゃんと摂っているのか訝しく思うが、大人しくしていてくれるのなら問題はない。

「ディアの部屋は」

「あ、こちらです」

ユイは使用人に問いかけ、案内させた。

一階にある、庭の見晴らしの良い南向きの部屋だった。

母がどれほどディアを大事にしているのかがよくわかる。室内の調度品も華《はな》やかなもので、まさにジョセフィーヌのための部屋だ。

ここで暮らしているのかとディアに憐《あわ》れみを覚えたが、ディア本人は特に何も考えていないのかもしれない。

ユイは抱き上げたディアをソファに下ろし、もう一度足を確かめる。

「痛みは？　ほかにどこかあるか？」

座ったディアの前に跪《ひざまず》いて確かめたが、ディアはユイを見下ろしながら、首を横に振るだけだ。

反応があるだけましか。

ユイはそう考えながら、控《ひか》えていた使用人を振り返る。

「一応足を冷やしておくように。ほかに怪我《けが》があれば、安静に。母が帰ってくれば大騒《おおさわ》ぎするかもしれないが、明日になったら医士《いし》を来させるよう手配しておく」

「はい、ユイ様」

治癒士《ちゆし》が必要な怪我ではないだろう。

ユイはディアの足に触れた手を握《にぎ》りしめながら、思わずそのまま自分の力を使いそうになるのを必死に抑えた。

ユイの魔力は時間を操《あやつ》るものだ。

当然、壊れたものは直る。

それが物質であっても、生き物であっても、時間が流れているのなら関係ない。

ただ、治癒士と違って病気が治せるわけではなかった。

時間が戻るだけの人間の身体は、時間が経《た》てばもう一度同じ病にかかる。

それがわかった時点で、ユイの魔力を治癒方面に使うことは皇子から直接禁止されていた。それ以外にも、ユイの力は使用頻度《ひんど》が高いからだ。

それでも、ディアが痛がるのなら、迷わず力を使っただろう。

まだソファに座ったまま、人形のように動かないディアを見て、ユイは強制的に外に足を向けた。


ディアのことが、どうしてか気になる。

ユイは実家から庁舎に戻りながら深い考えに浸《ひた》っていた。

自分はどこかおかしくなったのか、と呆れたのと同時に、恐れてもいた。

人形ではなくなったディアの、意識が、興味が示すもの。

何が欲しいか、本当にディアが望むもの。

それを考えると、ユイは落ち着かなくなる。

以前、オウ家の者に会った時、ユイは面倒だと思っただけで相手に嘲笑《ちょうしょう》されようとどうでも良かったが、ディアは明らかに驚き、憤っていた。

それは、ユイのためだった。

オウ家の彼らを前に、怯《おび》えたようにユイの服を摑《つか》んできたのは、おそらく無意識だったのだろう。

しかしユイはその怯えに気づいていたし、その小さな信頼《しんらい》を、決して傷つけるわけにはいかないと直感した。

ディアは、ユイが護るものだ。

母に先見の明があるとは思えないが、そう思えば婚約者という立場は都合の良いものだ。

人形に興味はないが、人形でなくなったディアは、自分でも驚くほどユイの興味を引いている。

ディアを護るということは、怯えさせず、泣かせず、自由に感情を持たせるということだろう。

だがそれが、すぐにうまくいくとも思えない。

ディアはまだ、人形に戻ろうとするきらいがある。

相手を信用せず、内に籠《こも》ろうとし、さらに警戒心が強い。

母に対してはもちろん、ユイには少し気持ちを向けているのだろうが、まだはっきりと感情を溢《あふ》れさせるほどではない。

ディア自身が自由に自分の気持ちを言えるようにならなければ、彼女を護るとは言えないだろう。

そして己の手で護るには、ディアに決めさせなければならないことがあった。

先ほどはついうやむやになってしまったが、ディアの過去のことだ。

ディアは盗賊《とうぞく》に攫われたところを、母に助け出された。そのままリュウ家に来たのだから、誘拐《ゆうかい》に次ぐ誘拐に遭《あ》ったというに等しい。

ディアがここではなく、自分の家に帰ると言えば――帰さなくてはならない。

ただし、そこが安全であると確かめてからだ。

だが、ユイはディアを帰せるだろうか、と気づいた。

ディアが、側から離れることを、自分は納得《なっとく》するのだろうか。

「……結果など、決まっている」

ぽつりと、思わず声が漏《も》れたが、執務室《しつむしつ》の周りに人気はない。

定時はないと言っても、夜遅《よるおそ》くまで残っている者が騒《さわ》ぐような場所ではないのだ。

「何が決まってるって？」

しかし執務室の扉を開けた瞬間、中から声が返ってくる。

まるで自分の部屋のように、ユイの席に座っているルオがいた。

「何をしている」

「君を待っていた」

こんな時間に待つ用事はなんだ、と言い返したかったが、ユイはディアが転んだことを思い出し、ちょうどいいとルオに言った。

「帰りに治療院《ちりょういん》に寄って、明日、医士をリュウ家に派遣《はけん》するよう伝えてくれ」

ルオは驚いたように目を瞬かせ、ユイを見た。

「誰か怪我を？」

「ディア――母の引き取った女だ。さっき帰るなり、玄関先で転んだ。右足を捻《ひね》ったように見えた。まだ腫《は》れてはいなかったが、明日にはどうなるかわからないからな」

「君が一緒にいたのに？」

ルオは、ユイが側にいたのに助けられなかったのか、と言いたいのだろう。

ユイは言い訳することも誤魔化《ごまか》すこともせず、ただディアの怪我のことだけを思う。

「そんなにひどいものではないだろう」

「君が直せばよかったのに」

「…………」

ルオはユイの力をよく知っている。

皇軍に入ったのは、三月《みつき》ほどユイのほうが早かったが、同じ魔術士だ。ほとんど一緒に育ったようなもので、お互《たが》いがお互いの力をよく理解していた。

そして性格も、わかっていた。

「君は真面目だよね」

「お前たちが緩《ゆる》すぎるんだ」

「僕はシェイほどじゃないよ」

ルオと同時に皇軍に入ったのが、第三部隊にいるシェイ・ファンだ。

ルオより前に医士の女性と結婚し、治療院の横に自宅を建てている。そしてルオは治療院の近くに家を買い、妻とその弟と一緒に暮らしている。

ルオが愛妻の待つ家に帰らない日はない。だから医士の手配をルオに頼《たの》めるのだ。

「リイファに言うのは構わないけれど、自分で連れて行けばいいじゃないか」

リイファというのがシェイの妻であり、現在この皇国での筆頭医士だ。まだ若いながら知識も豊富で、腕も確かだからユイも安心してディアを診せられる。

皇国に医療《いりよう》関係の者は、三種類いる。

まず魔術士である治癒士だ。その者の魔力の量にもよるが、怪我も病もまるで最初から存在しなかったように治してしまえる。彼らはその力故、畏怖《いふ》されると共に敬われ、結果強欲《ごうよく》になる者が多い。

欲は留まるところを知らず、命を救われたい者にとって彼らの要求は、果てしなく傲慢《ごうまん》だった。命を助けられながらその対価を支払《しはら》えず、結局路頭《ろとう》に迷う者も少なくない。

あまりに勝手を許されてきた彼らは、とうとう第二皇子であるロランに粛清《しゆくせい》され、ほとんどの治癒士が処分を受けた。

処分といっても、命を奪《うば》うようなものではない。

なんといっても、ほかに代わりのいない貴重な治癒士たちなのだ。治療に見合った対価にするよう言《い》い渡《わた》された。それを守らねば、治癒士といえども無事では済まない。

ロランはユイが尊敬する皇子であり、一生従うことに迷いはない方だ。優しい方だが、裏切りには厳しいことでも知られており、現在皇軍はロランの手足だと言っても過言ではない。

その皇軍が治癒士たちの護衛と称《しょう》し、お目付け役になったのだ。誤魔化すことすら出来ないだろう。

それだけの存在の治癒士に対し、これまであまり知られていなかったのが医士という者たちだ。

一時は廃《すた》れたと思われた、魔力を使わずに怪我や病を治す知識を持った彼らは、少しずつだが周知され、皇国中に広まりつつある。

しかしながら、治癒士と違い治せない病などもある。が、なんと言っても医士の治療費は安価だ。それを求めて、医士の存在は今、急速に知《し》れ渡《わた》っていた。

そして最後は、薬草などを煎《せん》じ、薬をつくる薬士《くすし》。彼らは古くから存在していたため、どの町にも、どんなに小さな村にもひとりはいるような存在だ。

そんな薬士を、医士はとてもうまく使う。どんな怪我に、どんな病に、なんの薬が合うのか。それを医士はよく知っているのだ。

医士がある程度のところまで治すことが出来れば、治癒士の力の及《およ》ぶところが少なくて済む。

皇国は今、医士の存在により医療においての良い循環《じゅんかん》が生まれつつあった。

ユイは医士の力を信じているが、呆然《ぼうぜん》とした顔でユイを見ていたディアが脳裏《のうり》に思《おも》い浮《う》かぶ。

「俺は……明日は仕事だ」

「急ぎじゃないはずだよ」

ユイたち第二部隊が今調査を進めているのは、隣国《りんごく》セイアンのことだ。皇国内での情報も扱いながらなので、忙《いそが》しさは増している。ただでさえしょっちゅう母に呼び出されて、仕事を後回しにすることが増えていた。

ただ、ルオの言う通り、今日明日にしなければならないわけでもない。

「母たちの取り逃がした盗賊の残党のこともある。放置は出来ない」

「もちろん放置するつもりはない。でもそれは、僕にも出来る」

ルオはユイの言葉にすぐに返し、逃《に》げる先を塞《ふさ》ぐようだった。

しかし問い詰めるつもりはないのか、表情の変わらない顔でルオは肩《かた》をすくめる。

「君は今、ディアのことが気になりすぎるんだ。だから、ここらで一度距離《きょり》を置きたくなった——と気持ちはわからないでもないから、今回はまぁいいよ」

ユイの席に座って、ルオが何も見なかったはずがない。

この部屋にはいろんな資料が積んであるし、ダンに調べさせたディアの調査書を隠していたわけでもない。

ユイの知っていることを、ルオも知っている。

それでいて、気持ちを理解してくれた友人に、ユイは今回は素直に頷くことにした。

「――頼む」


ディアは驚いた。

昨日からずっと驚いている気がする。

ユイの行動と、言葉に混乱していると言ってもいい。

極《きわ》めつけに、この状況についていけず、いつものようにソファに座ったまま動けなかった。

「わぁ！　本当にお人形みたいに綺麗です！」

朝、目を覚ますと使用人たちが丁寧《ていねい》に世話をしてくれる。本当に人形を相手にしているように、着替えも髪をまとめることも、ディアが自分で動かなければ、食事さえ匙《さじ》を取って口まで運ぶ勢いなのだ。

そこに何も用事がなければアンが加わる。

これまで、それに流されていればいいと、自分で考えることはしたくないと、心が動くことを何度も止めてきたけれど、自分が動かなければ、彼らも変わらずディアを世話し続けるままなのだ、と考え始めた。

ディアが流されるままになっていたのは、心が壊れて自棄《やけ》になっていたところが大きいし、母に何度も「誰も信用するな」と言われ続けてきたからでもある。

しかし、今日までのアンやリュウ家の者たちの様子を見てきて、自分が頑《かたく》なになりすぎていることも確かだと気づかずにはいられなかった。

彼らの態度が、ディアのためを思ってのことだと、ユイの言葉からもわかっている。

だからこそ、ディアは自分から話しかけることにした。

それが昨夜のことだ。

これまでの人生よりも豪勢《ごうせい》で整いすぎたものを与えられてはいたけれど、着替えくらいひとりで出来るし、食事も食べきれない量は要《い》らない。

世話になっていながら、こんなことを言うのは心苦しいけれど——と躊躇《ためら》いがちに伝えたところ、アンは目を潤《うる》ませた。

「ディアが——ディアが私を呼んだわ！」

と、なぜか喜びに打ち震《ふる》えていたのだ。

それまで、ディアが足を挫いたことについて、自分の息子に対して憤っていたのだが、いきなり急変した態度にディアは驚いた。しかも側に控えていた使用人たちも、アンと同じように喜んでいた。

「良かったですね、奥様《おくさま》！」

「なんて可愛らしい声なんでしょう！」

喜ばれる意味がわからなかったが、確かにディアが「アン様」と呼んだのは初めてだった。

これまで自分がどれほど不調法だったのか。人の良いアンたちに甘《あま》え続けていたことをディアは申し訳なく思った。

しかし会話は通じていない。

ディアが言いたいのは、自分の声がどうこうという話ではないのだ。

「アン様、私は――」

「ディアはそのままでいいのよ！　明日、医士が来るとユイが言ったのね？　ならそれを待ちましょう。とりあえず冷やすことは続けて――明日のドレスは決まっている？　明日私は何か予定があったかしら……」

後半はディアではなく、使用人たちと話しているアンの勢いに、ディアはやはり口を挟《はさ》めなかった。

「ディア様には明日、こちらのドレスをご用意してあります」

「奥様は明日、コウ様のお屋敷のお茶会に呼ばれております」

「まぁ、残念……一緒にいられないわ、ディア。本当ならお茶会に一緒に連れて行きたいのだけど……足が治るまで、安静にしていなくてはね」

「え……っと、あの」

「でも朝の支度《したく》は手伝えるわ！　明日も可愛く仕上げてあげる！　今日は疲《つか》れたでしょう？　ゆっくり休んで、明日に備えましょう」

着替えならひとりで出来る。

ディアはそう言いたかったのだが、アンの勢いは止まらなかった。ディアでは止めることすら出来なかった。

勢いに呑まれて混乱しているうちに、アンは言いたいことを言って満足したように部屋を後にして、扉のところで振り返った。

「そうね！　名前を呼んでもらうのもいいけど——出来れば次からはお母様って呼ばれたいわ！」

「————」

どう反応していいのか、また固まっているうちに、アンは元気ににこやかに出て行った。

残されたディアは、呆然としたままで、残った使用人たちにまた人形を相手するように世話をされ、その日は寝《ね》ることしか出来なかった。

そして朝になり、昨夜と同じ勢いのままのアンがやって来て、ディアを着飾ってから出かけて行った。その後で、客人だと言われて部屋で出迎えたのが、今だ。

「本当に、綺麗な人ね……ララやマールよりも異国の血が濃《こ》い人は初めて見るわ」

「マールも可愛いですけど！　でも彼女も目の保養ですね！」

ディアを見て感心しているのか、はしゃいだように言っているのはふたりの女性だ。

ひとりはどこかの制服のようにも見える白い服を纏《まと》った、落ち着いた黒髪《くろかみ》の女性だ。もうひとりは綺麗な布に刺繍《ししゅう》が施《ほどこ》されたスカートを履き、髪の色が茶色く明るかった。彼女は子供のようにころころと表情がよく変わり、とても楽しそうだ。

対照的にも見えるふたりだが、仲が良いのはよくわかる。

彼女たちの勢いに呑まれ、ディアはその後ろにふたりの男性がいることに、すぐには気づかなかった。

「――まさに、アンさんのジョセフィーヌだな」

「あ、シェイは見たことがあるんだ？」

「以前に、一度。見たというより……同じテーブルに座ってお茶をしていたんだ。アンさんと」

「ああ……」

声に反応して視線を向けると、彼らは皇軍の軍服に身を包んでいた。

そして彼らもユイと同じ魔術士であることは、耳についた紅玉のピアスでわかった。

総勢四人の男女に鑑賞《かんしょう》するように見つめられて、ディアはこれまで以上に居心地《いごこち》の悪い思いをしていた。

「あの……」

誰か、とディアはこの状況を説明してほしくて、壁際《かべぎわ》に控えている唯一《ゆいいつ》顔がわかる使用人たちに声をかけようとしたが、それを遮《さえぎ》ったのは白衣の女性だ。

「あ、まだ自己紹介《しょうかい》もしていなかったわね。私はリイファ。医士なの。貴女を診てほしいって、ユイさんから言われたのよ」

「私はララです！　ユイさんには弟のマールと一緒にお世話になってます！」

「え……っと」

ディアは紹介されても、戸惑った。

確かに昨夜、医士を呼ぶとか言っていたけれど――

ディアは目の前のふたりの女性と、その後ろに控えているふたりの男性を目まぐるしく見て、はっと気づいた。

「――医士！　医士様!?」

「えっ、何？」

それまで大人しく座っていたソファから、ディアは勢いよく立ち上がった。

挫いたらしい足は、昨日より腫れていたけれど、痛みなどどうでもよかった。

ディアでもわかる。医士がどんな存在なのかを、もう知っているのだ。

昨日はよくわからず、ユイの言っていることを聞き流したけれど、確かに医士を呼ぶと言っていたし、目の前にいるのが本当に医士ならば、ディアのために来てもらったことになる。

ディアはそんなことをしてもらえるような人間ではない。

自分は馬鹿だ、と罵りたくなった。

リイファと名乗った医士が驚いているが、ディアはもっと驚いている。

「私——私は、医士様に診てもらえるような者ではありませんので……」

「——医士に診てもらえない人なんていないわ。医士は、怪我人《けがにん》でも病人でも患者《かんじゃ》がいればどこでも行くし、誰でも診ます。さ、ちゃんと座って」

なぜか、怒ったように見えるリイファにソファに座るよう勧《すす》められても、ディアは今度は固まったように立《た》ち尽《つ》くした。

私は——私なんかが、診てもらえるわけがない——だって、モル様だって——

困惑《こんわく》した中、不安がディアの中に甦《よみがえ》る。

町中の人に怒られ、罵られ、石をぶつけられ、ディアは逃げ出した。

誰も信用するな、と言った母の声が耳元で繰《く》り返《かえ》される。

どうして私は、ここにいるの——？

どうして、こんなところで、何不自由ない暮らしを与えられて、何もしないの——？

私はだって——誰も助けることも出来ない、何も出来ない人間で、ただ母のように、売られて——

「ディア!」

心の中が暗く、不安と恐怖《きょうふ》が渦巻《うずま》き、ディアはそれを感じるのが嫌で、また何も感じないために心を塞ごうとした。

しかし、厳しく鋭《するど》い声で呼ばれ、はっと気づくとリイファが真剣《しんけん》な顔でディアを覗《のぞ》き込《こ》んでいる。

両腕《りょうで》をしっかりと強く掴んで、身体があることを思い出させるように揺《ゆ》さぶっていた。

「——落ち着いて、座って、大丈夫よ、痛いことなんてしないし、怖くないわ」

「…………」

促されるまま、ディアはソファに腰を下ろした。

どさり、と力なく落ちたと言うほうが正しいが、視線が同じ位置に、不安そうな、心配をいっぱいに表したララという女性の顔がある。

ララはディアの直《す》ぐ側、床《ゆか》に膝をついてきちんと視線を合わせてくれているのだ。

どうしてそんな顔をしているのか——

さっきまで、あんなに楽しそうにはしゃいでいたのに、と考えても、ディアには理由がわからなかった。

「足を診せてね——うん、ちゃんと冷やしてあるわ。ちょっと動かすね」

リイファもディアの前に座り込み、スカートの裾を少し捲《まく》り上げてディアの右足に手を掛けている。

赤くなった足首を、左右に動かされて、ディアはびくりと動いた。

「ごめん、痛かった？　でも折れてはないわ。もう少し冷やして、固定しておきましょう——今日一日、安静にしていれば明日には大分楽になるはずよ——シェイ」

「はい、どうぞ」

リイファに呼ばれて、それまで後ろで控えていた男性のひとりが引き出しのたくさんついた箱をリイファの側に運んでくる。

そこから取り出されたものを、布に塗《ぬ》りつけてディアの足にあてた。

ひんやりとして、気持ちがいい。

それを上から布で強く巻きつけられ、固定される。

「こんなところかな。気持ち悪くない？」

ディアはその工程を、呆然としたまま見ていた。

リイファは下に座り込んだまま、ディアを見上げて笑っている。

「ディア、私は医士よ。貴女が、誰に何を言われたかはわからないけれど、医士である私がちゃんと言っておくわね」

リイファの手が、ディアの手を取ってしっかりと握る。

「医士は、患者を選びません。治癒士のように、すべての病を治せるわけではないけれど。だって医士はただの人間だもの。出来ないことのほうが多いくらいよ——でも、医士に出来ることなら、どこでも行くし、誰でも診て、力の限り治す努力をします。それが医士である私たちの務めなの」

「――――」

「助けられない命はある。でも、助けられる命は、出来る限り助けるわ。だから貴女がどれだけ傷ついても、私が全力で治してあげる」

リイファの声は、ディアの耳を通って心に溜《た》まっていくようだった。

お腹《なか》の真ん中が、暖かく感じられる。

じっとリイファを見ていると、強い力を感じる笑みが、そこにはあった。

「皆様《みなさま》、お茶のご用意をいたしました。こちらへどうぞ」

そこへ、使用人たちが声をかけた。

ディアに与えられた部屋は、大きな硝子戸《ガラスど》から庭に出ることが出来る。

その硝子戸を大きく開けたところにテーブルが出されて、お茶の用意が整っていた。

「わぁ、ありがとうございます――そうだ、お見舞《みま》いに、と思って、これをディアさんとこちらの奥様に――」

「まぁ、ララ様の織物《おりもの》ですか。奥様がとてもお喜びになります」

ララは持っていた包みを使用人に手渡《てわた》し、嬉しそうにテーブルに向かう。

リイファももう一度、ぎゅっとディアの手を握ってララに続いた。リイファにシェイと呼ばれた軍人がそれに従っていく。

「――ごめんね」

ディアの隣で、低い声がした。

他の三人は外のテーブルへ向かったけれど、残されたもうひとりの軍人が、いつの間にか隣に座っていた。

彼は真っ黒だった。軍服も黒いが、その上に姿を隠すようなフード付きのマントを着て、黒い手袋《てぶくろ》までしている。

フードは取っているけれど、顔以外はすべて黒い。

「僕はルオ・スー。ララは僕の奥《おく》さん。あっちのもうひとりはシェイ・ファン。リイファの旦那《だんな》で――僕たちはユイの友人なんだ」

ディアはルオと名乗った彼の声に、顔を向けた。

友人という言葉に反応したのか、ユイという名前に反応したのか、ディア自身もよくわからない。

ルオの表情は、何を考えているのかわからないくらい変化がなかったけれど、嫌な気持ちはしなかった。

「僕の奥さんもユイを知ってて、ユイに婚約者が出来たって教えたら、すごく喜んで、ぜひ会いたいって話になったんだ。リイファが今日診察《しんさつ》に来るのに、ちょうどいいかと思ったけど、連絡《れんらく》も入れずにごめん。驚いたね」

ルオはとても丁寧に話してくれた。

造作の整った顔が無表情でいると怖いくらいだが、声からはディアへの気遣《きづか》いがちゃんと感じられる。

「君がここに来た経緯《けいい》もある程度は知っているよ。だから何か困ったことや、知りたいことがあったらなんでも聞いてほしい。僕もシェイも、ユイにはいつも助けられているけど、借りを返させてくれるようなヤツじゃなくて。代わりに君に、というのもおかしいかもしれないけど」

ルオの話は、ディアの興味を引いた。

しかし混乱してばかりのディアには、何から聞けばいいのかもはっきりしない。

そもそも、本当にディアが聞いてもいいのかどうかもわからないのだ。ここに、当人であるユイがいないのだから。

けれど、友人だという彼らになら、ユイのことが少しは聞けるかもしれない。

聞いてもいいだろうか、と逡巡《しゅんじゅん》していたのが顔に出たのか、ルオが少し表情を緩めた。

「……どうぞ、聞きたいことがあればなんでも。ユイのことでも、それ以外でも」

ディアはそれでも躊躇ったのち、少しだけ口を開いて言った。

「……私、は、その……わからないので。何もかもが、知らないことばかりで……あの人のことも、ですけど、この家のことも、アン様のことだって、そもそも、私がここにいる意味も、よくわからなくて――」

質問というより、混乱を口にしただけのようだが、ルオは訝しむこともなく、一度頷いて答えてくれた。

「この家、リュウ家は、皇国でも名家のひとつだよ。アンさんは貴族ではあるけれど、僕たちが構えなくてもいいくらい、いい人だ。リュウ家の人たちは、使用人に至るまでいい人だね。本当なら一般市民からすれば雲の上にいるような人たちなんだけど。ユイは魔術士になるために皇軍に入ったけれど、そうでもなければ、一生僕たちと会うこともなかった身分だろうね」

魔術士であるルオの言葉とも思えずディアが驚いていると、少し目を細めたルオが続ける。どうやら笑ったようだ。

「僕とシェイも名字があるけれど、それは魔術士であり、力を持っているからだ。所詮一代限りのものだよ。ユイとは違う——でもユイは、最初から僕たちと普通に接してくれていたよ……まぁ高々三月《たかだかみつき》でも、先輩《せんぱい》だからって威張《いば》るところは受け入れてやらないけどね」

「……先輩？」

「皇軍のことは、知っているかな？　ユイに聞いた？　魔術士については？」

ディアは素直に頷いた。

そして、ユイがどんな魔力を持っているのかも聞いている。

「……時計を、直せるって」

「————ん？」

ディアが呟《つぶや》くように言ったことに、ルオの表情が止まる。

あまり動いてはいなかったけれど、それでもわかるほど固まって、目を瞬かせた。

「……それだけ？」

「……それ以外が？」

返すと、今度こそはっきりとルオは驚いて衝撃《しょうげき》を受けているようだった。

彼はディアから視線を外すと、俯《うつむ》いて深く息を吐き、額を押さえている。

何かまずいことを言ったのだろうか、と戸惑ったが、そこに軽い声がかかる。

「何の話？」

シェイだった。

にこやかな顔をしている彼も、整った顔立ちだ。人当たりのよい態度だが、ディアの警戒心はなくならない。

そのディアに、シェイは笑みを深めた。

「奥さんたちは、ここの使用人の子たちとお菓子《かし》の話で盛り上がってるから、気にしないで」

庭のテーブルでは、シェイの言う通り、リイファとララがお茶を用意してくれた使用人たちとの話に夢中になっていた。

隣と真正面に、男の人に挟まれるような形になったディアは緊張《きんちょう》を高めたけれど、彼らはまったく気にしていないようだ。

俯いていたルオが、平坦《へいたん》な声でシェイに告げた。

「ディアが、ユイのことを時計を直す魔術士だって」

「――――え？」

シェイの反応も、ルオと変わらなかった。

笑顔から一瞬で固まって、耳にしたことを頭の中で逡巡《しゅんじゅん》させているようだ。

そんなにおかしなことを言っただろうか、とディアはますます不安になる。

「時計――って、うん。時計も直せるけどね？」

「――そうだね、直せるね、時計くらい」

ルオは隣で顔を傾《かたむ》け、シェイは真正面で腕を組んで眉根を寄せている。

「ねぇディア、いったいどうしてそんな話になったのかな？」

「……えっと」

シェイがにこやかな顔になって問いかけてきて、戸惑ったものの、ディアは以前の晩餐会でのことを掻《か》い摘《つま》んで話した。

もしかしたらあの日の、ユイの不可解な行動が、彼らの話から理解出来るかもしれないと思ったからだ。

簡単にオウ家の人と会った時のことを話しただけだが、ふたりの反応は同じだった。

「ああ、なるほど……」

「カク・オウに会ったのか」

納得した、という彼らの言葉に、ディアはますますわからなくなる。

それにシェイが笑って答えてくれた。

「カク・オウはユイと同年で、同じ位の貴族ということもあって、いろいろ張り合っている男なんだ」

「ユイはまったく相手にしていないけどね」

ルオの相槌《あいづち》にシェイも頷いている。

「些細《ささい》なことを論《あげつら》ってユイに食ってかかる面倒な男だけど、実際ユイほど努力をして結果を出している奴《やつ》を僕は知らないね。カク・オウなんか相手にならないほど、ユイは力をつけているから」

力というのが魔力のことなら、ユイはどれほどの力を持っているのか。

ディアは疑問に思ったけれど、それを比較《ひかく》するものなどないためにまったくわからない。

ただ、彼らの話からもユイが何も出来ない、オウ家の者たちに揶揄《やゆ》されていい人ではないことはわかる。

友人だという彼らもまた、オウ家のユイへの態度に憤っているようだ。

ルオが気持ちを改めるような、ディアに優しく教える声で言う。

「――ディアは、魔術士のことをどれだけ知っているのかな」

知っているのは、ユイから教わったことだけだ。

あとは、魔術士はいろんな力を持つということと、人々から畏敬《いけい》の念を集めているということくらいしか知らない。教えてくれた養父は教師で、神教と皇軍とはあまり仲が良くなかったからだ。

それを理解したのか、ルオとシェイは子供に言い聞かせるような声で教えてくれた。

魔術士は幼い頃、だいたいが五歳から十歳までに魔力が発現して成るものらしい。

その発現する時の症状《しょうじょう》は、ディアには想像もつかないほど、苦しみを伴うようだ。吐《は》き気《け》、全身の痛み、治まらない頭痛。泣《な》き叫《さけ》び、殺してほしいと願うような苦しみを味わうと知って、ディアは顔を青ざめさせる。

平然としているふたりは、良い思い出のように話しているけれど、決して楽しいものではなかったはずだ。

さらに、発現する魔力が大きければ大きいほど、苦しみは長く続くという。

ユイは、三日三晩寝込《ねこ》んだと教えられた。

それがどんな苦しみなのか、想像するだけで辛《つら》い。

まだ幼い子が、三日も苦しめられたのかと思うと、顔が歪《ゆが》んだ。

それほどの苦しみの後で成るのだから、魔術士というのは尊敬されるべきであるのと同時に、そこまでする必要がどこにあるのだろう、と憐れみを持ってしまう。

でもあの人は、私に憐れまれるなんて――

「ユイはそれだけ苦しんだのに、時計を直すことしかしなかった。それをカク・オウは、嗤《わら》ってるんだ。ユイには力がないと――」

「まったくの見当違《けんとうちが》いのことをね」

「ユイがそれしか出来なかったのは、当時のユイの体力が魔力を出しきれるほどなかったからだ」

「何しろユイはその時――まだ三つになったばかりだったからね」

「……見当違い？」

「み……っ」

ディアは驚いたまま、声を失《な》くした。

「僕たちでさえ五歳になっていた。ユイがその歳《とし》で発現したことが、異例なんだ」

「ユイは三つでも、意思が強いというか、頑固《がんこ》な子供だったから、そこからの努力はすさまじいものだったよ」

彼らは笑っているけれど、それが事実なら、ユイの努力は簡単に一言で済ませられるものではなかったはずだ。

「負けず嫌《ぎら》いだしね。三歳のくせに、たった三月僕らより早く皇軍に入ったからって先輩面《ま》がひどい」

「――ああ、あれは本当に偉《えら》そうな子供だったよな」

思い出したように笑い合うふたりに、ディアはなんと言っていいのかわからなかった。

魔術士のすごさを改めて知るのと同時に、ユイがどれほどの人なのかを思い知った。

どうしようもない人ではない。

母親に結婚相手を見つけてもらわねばならないような人でもない。

なんの力もない、ディアを押《お》しつけられていい人ではない。

ディアは胸が苦しかった。

痛みがあると感じたけれど、何が痛いのかはよくわからない。

ただ、ユイのことを想うとさらに苦しくなる。

ここは、私のいるべきところでは、ない——

目の前で軽口を言い合い、笑い合っている彼らにすら、ディアは近づける立場でもない。

大きく、立派な家で、不自由さなど感じないほどの裕福《ゆうふく》さを与えられて、世話を受け続けるなど許されるはずがない。

ディアは座っているのに、足元が不安定になっている気がした。

どうすればいいのか——

そう思った時、低い声が耳に響《ひび》く。

「——何をしている？」

思わず振り返って確かめたが、聞き間違えようもない声だった。

相変わらず、不機嫌そのものの顔をしたユイが、そこに立っている。

据《す》えた目を友人たちに向け、部屋を見渡《みわた》し、また彼らを睨《にら》んでいるようだった。

「俺が呼んだのはリイファで、お前たちまで呼んだ覚えはない」

「あれ、僕たちがここにいて不都合なことが？」

「まさか可愛いディアに近づく男は誰《だれ》ひとり許さないとか、狭量《きょうりょう》なところがあるのか？」

ディアならその声だけで竦《すく》みそうになるが、長い付き合いらしいルオとシェイはまったく気にするどころか、揶揄《からか》い返して笑っている。

ユイのほうが先に、構うほうが負けだとばかりに諦《あきら》めたようで、眉根を寄せたまま小さく息を吐く。

「何の話をしていた」

シェイが笑って答える。

「君がたった三月先輩なだけで、どれほど態度が大きい子供だったかってことをね」

「二歳も年下なのに」

「――皇軍の上下関係は入隊順が基本だ。たった三月でも、俺が先輩であることに変わりはない。そもそも、お前たちは態度の大きな後輩《こうはい》だった。ちっとも俺を敬わなかっただろう」

「たった三月じゃないか。なぁ」

「それくらい、すぐに巻き返せるものだよ」

不機嫌なユイに対し、ルオもシェイも楽しそうに言葉を返す。

本当に、心を許した友人なのだろう。

軽口の応酬《おうしゅう》が、楽しそうに聞こえる。ユイの顔は不機嫌そのものであるのに、ディアにはどうしてか楽しそうにしか見えなかった。

昨夜のユイとはまったく違う不機嫌さに、ディアは気持ちがざわつくのを感じた。

ただ、それをどう処理すればいいのかはわからず、奥へと押し込める。

「それはそうと、早かったね。仕事は、ユイ？」

「嫌な予感がしたから早く切り上げてきた——ディアの怪我は？」

「今日一日、安静にしていれば大丈夫だとリイファが言っていたよ」

「そうか、なら——明日は出かける。ディア」

いきなり言葉を向けられて、ディアは瞬いた。

ユイは真面目な顔で告げた。

「明日、お前の家があるフェイフーに向かう」

「——」

想像もしていなかったことに、ディアは声どころか、感情も失くした。

家に帰れる——

それがどんな意味を持つのか、ディアにはまったくわからないままだった。

4章

chapter.4

職権乱用《しょっけんらんよう》と言われようとも、ユイはまったく気にせず皇軍用《こうぐん》の馬車を用意した。

魔術《まじゅつ》の掛《か》かった、皇軍の中でも限られた者しか使用できない馬車だ。

特殊《とくしゅ》なこの馬車は、普通《ふつう》に人々が行《い》き交《か》う大きな街道《かいどう》ではなく、道なき道を進む。乗っている間は普通の速度で走っているようにしか感じないが、実際には人には見えない速度で町から町を走《はし》り抜《ぬ》ける。

皇都から遠く離れた東に位置するフェイフーの町にも、半日あればたどり着く。

仕事柄長く皇都《こうと》を空《あ》けることは出来ないユイだが、ディアをフェイフーに連れて行くことは必至だ。

それならば、時間をかけない方法を使うしかない。

ディアは、流れるように変わっていく景色に驚《おどろ》いているようだった。

いや、正確には昨日から驚いたままなのか、反応の薄《うす》い彼女はどこかぼんやりとしたままだ。

だから馬車を操《あやつ》るのは御者《ぎょしゃ》に任せて、ユイはディアの側にいることにした。

ふたりで出かけることに、馬車の手配をしたダンが恨《うら》めしい顔で延々《えんえん》と恨みごとを言っていたが、ユイが執務室《しつむしつ》から離《はな》れる以上、仕事の補佐《ほさ》であるダンも一緒《いつしょ》に行くわけにはいかない。

そもそも、ディアとダンを引き合わせるつもりはないし、女性にだけ愛想《あいそ》のいいダンを野放しにするのも危険だ。

それにディアは、ユイに何か言いたいことがあるはずだ。

知りたいことだってあるだろう。

母はおそらくディアに、誘拐される前に戻《もど》ってほしいと願い、いろいろと世話を焼き連れまわしていたのだろう。それについてはユイも同意だが、ディアを見ているとそもそも、本来のディアが意思を持たずに生きていたのではないか、と思っている。

最初から、自分を失《な》くしたような、人形でいたのが不自然すぎるのだ。

人前に出ることを好まず、誰《だれ》かに関心を持たれるのを怖《こわ》がっているように見える。そして自分の意思すら持とうとせず、何かを言いたくても声を詰《つ》まらせる。

初対面の相手を警戒《けいかい》することは悪いことではないが、踏《ふ》み込《こ》まれることに怯《おび》えすら見せる。

どんな生活をしていたのかは、想像に難くない。ダンの持って来た報告書を読めば根が深そうだとわかる。

ただ、時おりユイの言葉に感情を見せるディアには、強い興味を覚える。

綺麗《きれい》な水色の瞳《ひとみ》が煌《きら》めき、頬《ほお》の色が変わるだけでもユイの視線を奪《うば》うのに、はっきりと感情を動かし、気持ちを露《あら》わにするようになったら、いったいどんなことになるのか。

ユイは不安なものを感じたが、同じだけ期待を持っていることにも気づいていた。

そう、これは——期待だ。

ユイは、ディアに期待している。

類稀《たぐいまれ》な美貌《びぼう》を持ちながら、まだ少女とも呼ぶべきディアを、ユイは母から押しつけられたままの妻にするつもりはないのだと、感情が移ろいでいた。

結婚など、まったく興味もなかったのだが——

馬車の向かいに座《すわ》り、今日も母にこれでもかというほど磨《みが》き上《あ》げられた装《よそお》いのディアは、白い肌《はだ》をさらに青く見せるような顔で外に視線を向けている。

時々、瞳が揺《ゆ》らぐことから、どうやら少しずつ意識を持ち始めているのかもしれない。

「ディア」

声をかけると、ゆっくりと視線がユイに向いた。

耳は聞こえているようだ。

「俺の仕事を覚えているな？」

ディアは、ゆっくりと二度、瞬《まばた》いた。

驚きながらも、ユイの言葉を理解している顔だ。

「情報を扱《あつか》うのが俺の仕事だ。だからお前のことも——ディアのことを、知っている」

ディアの水色の瞳が大きく開く。

小さな唇《くちびる》が、震《ふる》えるように開いて閉じて、また開いたが、何も発さない。

自分の素性を、他人が知っているというのは良い気分ではないはずだ。

それに怒《いか》りすら見せないディアは、やはりどこかおかしいのだ。

ユイはそんなディアをじっと見つめて、視線だけは返ってくることにとりあえず肯《うなず》くことにする。

しかし、満足はしない。

「――お前の望みはなんだ？」

「…………？」

ディアの瞳が、少しだけ眇《すが》められて首が傾《かたむ》く。
質問の意味が理解出来なかったのかもしれない。

「ディア、お前が欲《ほ》しいもの、一番手に入れたいものは、なんだ」

ディアの瞼《まぶた》が二度、瞬いた。
その小さな唇からは、何も聞こえてはこない。
言いたくないのではなく、望みなどはなから持っていないような、知らないことを問われたという困惑《こんわく》が、水色の瞳から見えてくる。

「願いがなんであれ、俺はそれを叶《かな》えよう。それが、唯一《ゆいいつ》お前に与《あた》えられるものだろう。だから、考えるんだ」

「…………」

ディアの唇は動かなかった。

しかし、戸惑《とまど》っているのはわかる。

戸惑えばいい。

もっと頭を働かせて、意思をしっかり持てばいい。

人形でいるな。

自分の考えで、自分の意思で、自分の思うままに生きればいい。

そんな心を持ったディアを、見てみたい。

ユイはそんなことを考えながら、視線を外に向けた。

「――着いたぞ。フェイフーの入り口だ」

町は大きな塀《へい》で囲まれていて、中に入るには、皇軍か町の役人が監視《かんし》している受付を通らなければならない。

町に入るのは、そこに住むものだけではなく、行商人や旅人なども多い。それ故《ゆえ》、時間帯によっては長蛇《ちょうだ》の列に並ぶことになるのだが、皇軍でも限られた者しか使えない馬車に乗っている以上、列など関係なかった。

ユイは御者にそのまま進むよう合図し、門を通過させる。

町の中では、よほどのことがない限り馬車には乗らない。門を入ったところにある馬車待ちに止めて、ようやくユイは馬車の外に出た。

座席にいるディアに手を伸《の》ばすと、条件反射のようにそれを取る彼女を引っ張るように外へ連れ出す。

途端に、視線が集まるのをユイも感じた。

やはり、異人らしい金色の髪《かみ》と人形のように整った容姿は目立つようだ。

それに加えて、母が朝から頑張《がんば》った衣装《いしょう》は今日もどこかの貴族の令嬢《れいじょう》そのものに見える。ただでさえ目立つ者が、さらに目立っている。

わかっていたことなので、ユイはフードの付いた大きなマントをディアに被《かぶ》せた。

「……この格好は本当に目立つな。母ももっと考えてくれればいいのだが」

視線を集めて固まっていたディアが、フードを被って陰《かげ》になった顔を上に向ける。

ユイはその瞳を見て、足首までしっかり服が隠《かく》れているのも確認《かくにん》して、ディアを歩くように促《うなが》しながら御者に顔を向けた。

「ここで待っていてくれ。あまり時間はかけない」

「はい」

御者に馬車を任せながら、ユイは人の多い通りをディアの腰《こし》を抱《だ》くようにして歩いた。

少し早足になるのは仕方がない。

ディアも、気持ちが急《せ》いているのかユイの歩幅《ほはば》に文句はないようだ。

大きな通りを進んで、二つ目の角を右に曲がり、突《つ》き当《あ》たりまで進むと、神教の大教会がある。

そのせいか、大通りの右側は神教の教徒が多い。彼らを導く教師の住まいもこちら側だ。神教の教えとは、それほど難しいものではない。

身を清め、人を助ける心を忘れず、人に与えることを恐《おそ》れないでいれば、神は教徒を救ってくれる。

清貧《せいひん》であることに喜びを持ち、陽が昇《のぼ》ることに感謝し、陽が落ちると共に満足し眠《ねむ》りにつく。

そんな暮らしをしているからか、フェイフーの町は他の町よりも清潔だった。

清められていることに不満などないが、ユイは神教を信用してはいない。

純粋《じゅんすい》な教徒が多いことに付《つ》け込《こ》み、好き勝手をしてきた元教祖ルルカを捕《と》らえて、ルルカに従っていた強欲《ごうよく》な教師たちを失脚《しっきゃく》させたのは遠い昔の話ではない。

人間は、神に仕えていようが人間だ。

強欲な者は、見せかけだけ清貧であっても中身など屑《くず》でしかない。

そして何より、ユイの神は神教の神ではない。

なぜなら、皇軍が仰ぐのは皇帝《こうてい》であり、皇族であるからだ。

皇軍の神は、皇帝でなければならない。

だから皇国インロンでは、神教という宗教が多く広まっているわけではなかった。

しかし皇帝も人の気持ちを抑《おさ》えつけるのを正しいこととはせず、宗教を選ぶ自由を与えている。そのお蔭《かげ》で、神教がある。

皇国で一番早く陽が昇るフェイフーに教徒が集まるのもおかしなことではなかった。

フェイフーの町の住人が、何を信じて何を選ぼうと彼らの自由だ。

ユイにとっての問題は、宗教に染まっている町でさえ、盗賊が現れるという現実のほうだ。

大通りから離れた静かな住宅街の中に、ディアの住んでいた家がある。

小さな家だ。

養父の持ち物らしいが、神教の教師だったという男の家にしてはとても小さい。

同じ通りにある他の家から視線を向けられているのに気づきながら、ユイは構わずディアをその家に向かわせる。

玄関《げんかん》を前にディアが戸惑ったが、ユイはその背中を押《お》した。

「鍵《かぎ》は開けてある」

「………」

それでももう一度躊躇《ためら》ってから、ディアはおそるおそる扉《とびら》に手を掛けた。

一歩踏み込むことさえ、まるで怯えるようなディアの側に付《つ》き添《そ》いながら、ユイは照明に明かりを灯《とも》す。

部屋の中は片付いていた。

もともと、あまり荷物も多くないのだろう。

しばらく家を空けていたせいで埃《ほこり》が少しあるくらいだ。

ふと見れば、ディアが奥《おく》の部屋の扉の前で固まっている。

ユイはその理由を、ちゃんと知っていた。

「――教師モルの亡骸《なきがら》は丁寧《ていねい》に清められ、荼毘《だび》に付された。遺骨は他の方々と同じ、教会の墓地に埋葬《まいそう》されている」

びくり、とディアが震えた。

大きく揺れた後で、いつからか握《にぎ》りしめていた両手が小さく震え続けている。

「彼はもう、苦しんではいない」

「――――」

ディアの声は聞こえなかった。

ただ、ユイの声は届いているのだろう。

ディアはそのまま床《ゆか》に座《すわ》り込《こ》み、身体《からだ》を丸めるように小さくして、震え続けた。

泣いているのだろうか。

ディアは、ちゃんと泣けているのだろうか。

感情が動き始めるのだろうか。

ユイは小さくなったディアを、どうにかしたいという気持ちが湧《わ》き上《あ》がり、抑えきれずにそのまま抱き上げた。

迷うことなく目の前の部屋に入り、寝台《しんだい》に腰掛《こしか》け、子供を抱《かか》えるようにディアを膝《ひざ》に乗せる。丸まった身体を抱き寄せ、強く自分の身体に押しつけた。

「――っ」

ディアの声は聞こえなかった。

しかし、ユイの胸に埋《うず》めた顔を上げようとはしない。細い指がユイの服をしっかりと握《にぎ》りしめているのを見て、さらに強く抱いた。

感情を吐《は》き出《だ》せばいい。

すべてユイにぶつけても構わない。

だが泣くのは、ユイの前だけにしておいてほしい。

そんなどうしようもない想《おも》いが募《つの》るのを感じながら、ユイはディアを抱き続けた。

どのくらいその状態でいたのか、しばらくするとディアは泣くのを止めて、震えなくなった。

確かめると、緊張《きんちょう》の糸が切れたのだろう、そのまま寝入《ねい》ってしまったようだ。

まるで子供だ。

ユイはそう思ったが、呆《あき》れるような感情は起こらない。

むしろ起こさないように、そっと寝台に寝《ね》かせる。その時に、ユイの服を摑《つか》んだままだったので、上着を脱《ぬ》いでディアに掛けてやった。

泣きはらしたとわかる顔でも、ディアの容姿は整っていた。しばらくその寝顔《ねがお》を見ていたが、次第《しだい》に落ち着かない気持ちになったユイは外を見回ることにした。

習慣で部屋の中をもう一度確認し、誰もいないことや仕掛《しか》けの類《たぐい》がないことも見て回り、

外に出る。

小さな家だが、ほかにも家屋が密集したところだ。表も裏も確認し、異常がないか、人に調べさせた情報と違《ちが》いはないかを確かめていく。

ディアがフェイフーで教師をしていたモルという男のもとに預けられたのは、六年ほど前だ。

身体の弱い孤児《こじ》を預かったと周囲には知らせ、虚弱《きょじゃく》さを理由に滅多《めった》に姿を見せないように生活させた。

モルは、元教祖ルルカの側近のひとりだ。現在彼らのほとんどは失脚し、教師の資格もはく奪《だつ》されたが、モルは教師のままだった。

側近でありつつもはっきりとした犯罪に手を貸していないことがわかったからだ。

ではなぜ、そんな曖昧《あいまい》な立場で側近でいられたのか。

それはよほど、モルがうまく立ち回っていたお蔭だろうとユイは推測する。

おそらく、異人を育てていることを誰にも気づかれずにいるには、必要な立場だったのだ。

異人だから、という理由で迫害《はくがい》することなど、皇国インロンではありえないことだ。

異国と隣《とな》り合《あ》うサイエンには異国の者の姿が多く見られるし、他の町でも皆無《かいむ》ではない。

なのにどうして隠していたのか——それはディアが攫われたことからも、よくわかる。

ディアは盗賊に目をつけられていたのだ。

その美貌故に。

異人であっても、ディアほど見目麗《みめうるわ》しい者は珍《めずら》しい。

見つかればどうなるのかわかっていたからこそ、モルはディアを隠し続けた。

しかしながらその努力も空《むな》しく、ディアは見つかってしまった。

モルは息絶えるその時まで、ディアを護り続けた。どうして彼がディアを預かることになったのか、その理由はまだわからないが、気軽に引き受けられることではないだろう。

すでに茶毘に付され、身体が残っていないことが悔《く》やまれる。死者に対する冒《ぼう》とくだと言われても、同僚《どうりよう》のルオの手も借りれば、ユイは死んだ者の記憶《きおく》だって見ることが出来るのだから。

しかしディアを護り続けてくれた彼に、そこまでして過去を暴《あば》くような辱《はずかし》めを受けさせていいはずもない。

ディアに言った通り、もう彼は苦しまなくていい。頑張らなくてもいい。

彼は役目を終え、そしてそれは、ユイが引《ひ》き継《つ》ぐのだ。

ディアをここまで護ってくれた教師にはゆっくり休んでほしいと思いながらユイが墓地のほうに視線を向けていると、近所の者だろうか、人が近づいて来ていた。

「――あの、軍人様？」

声をかけてきたのはユイの母より年上の女だった。

けれどひとりではない。まるでディアの家を窺《うかが》っているかのように、近所の者たちが集まってくる。

「なんだ」

「あの、さっきここへ入っていたのは……あの子、ディアでしょうか？」

「そうだ」

ユイに隠す必要はない。

躊躇いながらも女が訊《き》いてくることに、率直《そっちょく》に頷《うなず》いて返す。

しかし女は、そのほかの者も、ユイの返事が納得出来ないような訝《いぶか》しんだ顔になってい
た。

「その……ディアは、ここに帰ってくるので？」

「――どういう意味だ？　ここはディアの養父の家であり、養父が亡《な》くなった以上、彼女
が引き継いでもおかしくはないはずだが」

ユイの言葉は彼らに不満と不安を与えたようだ。

一斉《いっせい》にそれらを含《ふく》ませる表情になり、怒りさえ見せている。

「困ります！　どうして軍人様と一緒にいらっしゃるのかはわかりませんが――勝手に出
て行ったのはあの子ですよ！　しかも育ててくれた養父を置き去りにして」

「そうです、彼の亡骸を教会に届け出たのは我々で、結局葬儀《そうぎ》にもディアは帰って来なか
った――」

「そもそも、姿を隠してこそこそしていた異人に側にいられると我々も迷惑《めいわく》で」

ひとりが口火を切ると、溜《た》まっていたものを吐き出すように口々に文句を言い始める者たちを、ユイは一瞥《いちべつ》し、勢いのまま喋《しゃべ》り続けるのを強い視線で抑えた。

ユイの冷めていながら熱い視線と、不機嫌《ふきげん》そのものの表情に気づいたのか気圧《けお》されたのか、周囲からは次第に声がなくなる。

それを待って、ユイは口を開いた。

「教師モルがディアを匿《かくま》っていたのは、ディアの外見によるものだ。そしてディアはその見た目故に、隠れて生きるしかなかった。その理由は――盗賊に狙《ねら》われていたからだ」

ユイのはっきりとした声は、周囲まで届いているだろう。

彼らが聞《き》き逃《のが》しているとは思えない。驚いた顔でユイを見ているのを確認し、ユイはひとりひとりを睨《にら》みつけるように見返す。

「ディアはモルの葬儀《そうぎ》にわざと出なかったわけではない。お前たちに姿を見られたその日の夜に、人知れず攫われていたからだ。軍がその事実に気づかなければ、ディアは今頃《いまごろ》売られて人ではない扱いを受けていただろう。私がここにディアを連れて来たのは、彼女を助け、ようやく家に帰してやれることになったからだ」

事実とは異なるが、ユイは構わなかった。

聞いているほうも、気になっているのは細かなところではないはずだ。

驚き、戸惑っている者たちを前に、ユイはそこで止めるつもりはなかった。

気圧される住民たちに向かってさらに強くはっきりと言う。

「ディアが姿を見せたのはほんの一瞬《いっしゅん》だったはずだ。そのたった一瞬で、人攫いに見つかり連れ去られた——ディアの姿を見て、罵《のの》り騒《さわ》ぎ立《た》て、もっと目立たせたのは誰か。ディアを攫わせたのは誰か。私はそれを知っている。教師モルが、力の限り護っていたディアを、誰が人目に曝《さら》し、罵倒《ばとう》し、陥《おとし》いれたのか、知っている」

ひとりひとりを睨みつけ、ユイは殺意にも似た怒気《どき》を隠さないでいると、住民たちはじりじりと後ろへ下がっていく。

そしてもごもごと、はっきりしない声で「そんなつもりはなかった」と誰かが言い、ほかもそれに同意するように頷きさらに下がっていく。

「では、どういうつもりがあって彼女を追《お》い詰《つ》めたのか。はっきり言え——言えないのなら、二度と口にするな」

ユイが最後にもう一度、強く睨みつけると、蜘蛛《くも》の子を散らすように、彼らは家に飛び込むように帰って行った。

周囲に人気がなくなってから、ユイは小さく息を吐き出す。

彼らを怯えさせて、なんになるのか。

ユイはつまらない怒りを見せた自分に呆れと恥《はじ》を感じながらも、怒りが収まっていないことに顔を歪《ゆが》めた。

今更《いまさら》、自分が怒《おこ》っても仕方がないことなのに——

ユイはディアの感情を露わにさせる前に、自分の感情を乱れさせていることに戸惑ったが、どうすることも出来なかった。

ただ、こんな怒気を纏《まと》わせたままディアの側にいることは出来ないと、しばらく気持ちを落ち着けるため、その場から動けずにいた。


ディアが気づくと、見慣れた養父の部屋にいるとわかった。

どうしてここで、と身体を起こすと、何かが掛けられているのがわかる。手は、それを握りしめたままだ。

「あ――」

どう見ても、軍服の上着だった。見間違《みまちが》えようもない、ユイのものだ。

ディアはここで、子供のように泣いた。

養父をひとりで逝《い》かせてしまったことを思い出し、辛《つら》かった。葬儀を出してあげることも出来なかった。けれどすでに茶毘に付され、安らかに眠ったと聞き、安堵《あんど》した。

彼は今頃、しがらみから解放され、天で穏《おだ》やかに過ごしているのだ。

そのことに安心してしまうと、涙《なみだ》が止まらなくなった。

壊《こわ》れた心を抱えたまま、感情をうまく思い出せず、自分でもどうすることも出来ずに止まっていた時間が動き出したようだった。

そして泣いてしまったディアを抱きしめてくれた力強い存在を、ディアはちゃんと覚えている。

我に返ると、顔が熱くなるのを止められなかった。

ひとしきり泣いて、ディアは頭がどこかすっきりしていた。だからよく考えることが出来る。そして状況《じょうきょう》を思い直し、さらに全身が火照《ほて》る。

私、あの人に――

なんてことを、と考えながら、恥《は》ずかしさで死にそうだった。

ディアは昨日からずっと戸惑ったままだった。

昨日突然《とつぜん》、ユイはディアの家に行くと言った。

どういう意味なのかもわからないまま、ディアは早朝からまたアンの手で綺麗に装われていた。

挫《くじ》いた足の腫《は》れも引いて、痛みがなくなっていることにも驚いた。

医士とは、やはりすごい人であるようだ。

馬車で迎《むか》えに来たユイは、半日もかからずフェイフーに着くという。

どういう意味かわからなかったが、泊《と》まる用意もなく身ひとつでユイが馬車に乗っているのがその証拠《しょうこ》だろう。

皇軍にはいろいろな秘密があり、この馬車もそのひとつらしい。

魔術の組み込まれた馬車は、町と町を不思議な道で繋《つな》いであっという間に隣《となり》の町まで連れて行ってくれる。

馬車の中で、ユイは支えるようにずっとディアの隣にいてくれた。

なのにその馬車の中で言われた言葉は、相変わらずディアを困惑させる。

『お前の望みはなんだ？』

ユイははっきりと、そう言った。

言われている意味がわからずまた戸惑ったが、続けられたユイの言葉に、さらにわからなくなった。

どんな願いでも、彼が叶えてくれる――

ユイは確かにそう言った。

願い？

望み？

ディアはそんなこと、考えたこともなかった。

だけど幼い頃《ころ》に母から言いつけられたことは忘れず、しっかり覚えている。

人を信じないこと――それを守って生きてきたのだ。

誰かに願うなど、何かを望むなど、ディアのこれまでの人生でひとつもあってはならないことだった。

ただ、願うことが叶うならば、ディアはもう一度母に会えればそれで良かった。

望みは薄いと思っていたけれど、ディアの願いはそれだけで、ほかには何もなかったのだ。

けれどその望みはもう叶わないと、ディアは知っている。

信用していた養父が死んだ時点で、すべての願いが叶わないこともわかっている。

だからこの先は、ただ流されるままに生きるだけだろう。

そう思っていたのに——ユイは違った。

願え、と言われて、ディアはどうすればいいのか。

願っても叶わないことを知っているディアは、もう誰かに願うことなどない。

欲しいものだってない。

なのに、先ほどからディアの中に新しい想いが生まれていた。

ユイのことだ。

あの人は、何を考えているの——?

ユイのことを考えると、ディアはもっと彼を知りたいと、不思議な欲求に心が埋もれていく。

自分でもわからないところに閉じ込めていた心が一気に開いて、ユイがそこを埋《う》め尽《つ》くしているようだった。

そんな自分にディアは怯えた。

これまで頑《かたく》なに、母や養父以外に心を許すなんて考えもしなかったのに、突然すべてを奪われたように感じて、怖くもあった。

開いてしまった心を、急いで閉じてしまいたいのに、ディアの中にいるユイが、それを許さないだろうとなぜかわかっている。

気づけばまた声もないほど涙を零《こぼ》してしまっているのは、ユイの存在がディアの心を占《し》めてしまったからだ。

どうしてか、ユイのことだけで頭がいっぱいになる。

母に二度と会えなくなったとわかったことより、盗賊に攫われてしまったことより、そこから助けられたことより、意地悪で不機嫌な顔をして、ディアを混乱させてばかりのユイのことだけが、ディアの頭を駆《か》け巡《めぐ》っている。

初対面は冷酷《れいこく》な軍人で、愛想の欠片もなく、ディアを見下しているようにも見えた。

不機嫌な顔で意地悪を言っているようで、ディアが気づくよりも先に気遣《きづか》ってくれる。気持ちを動かすことを思い出させてくれる。

怖いものなど何もなく、自信が服を着て歩いているような人なのに、その姿が当たり前になるまで、人知れず努力した事実。

ディアのことを勝手に調べたと言いながら、むしろ心を救ってくれたユイ。

どうして、こんなに、おかしくなるの。

ディアは心が震えるのと同じく、震える身体を必死に押さえて、気持ちを抑《おさ》え込《こ》んだ。

ぽたぽたと零れる涙を何度も拭《ぬぐ》い、おかしくなるなら何も考えたくないと心を殺す。

しかし、もうディアは感情を殺すことなど出来やしない。

ユイで締《し》めつけられた心は、ユイに包まれてしまった。

ディアの心なのに、ディアの想いなど関係なく動いてしまっている。

ずるい――

ディアはここにはいない相手を睨みつけながら、どうにか泣くのを止めて立ち上がった。

深呼吸を二度繰《く》り返《かえ》し、状況を改めて見る。

部屋は、片付いていた。

そもそも、養父もディアもあまり多く物を持つことはなかった。

清貧であるように、という神教の教えを守り、慎《つつ》ましい生活をしていたからだ。

けれど棚《たな》の上や床の隅《すみ》には埃がある。

そこで今際《いまわ》の際に苦しんでいた養父を思い出して胸が苦しくなるが、ユイの声が耳に甦《よみがえ》る。

もう、苦しんではいない――

その言葉に深く息を吐《は》いて、ディアはユイの上着をたたみ、フードを剝《は》いでマントを取った。

棚の中にある荷物は、少ない。養父のものはディアが使うことも出来ない。

教会に寄付でもするべきか、と考えてまとめ、隣の自分の部屋に向かう。そこも物は少ない。ディアは質素な自分の服をまとめて重ね、その少なさに改めて驚く。

ここに住んでいたのは六年だ。

短い年月ではない。それでも、ディアの持ち物はこれだけなのだ。

それで良しと思っていたし、不満も不都合もなかった。

ディアは自分の今の姿をあらため、知らず息を吐く。

この格好のほうが、おかしい。

リュウ家でディアのために用意され、与えられた部屋とそこに収納されたドレスや身の回りの物の多さは、この狭《せま》い部屋では収まりきらないだろう。

そして質素からはほど遠い今の自分が、おかしく思える。

まるで人形のように可愛《かわい》がられていたけれど、そしてそれをどうでもいいと思っていたけれど——やっぱり、おかしい。

ディアは自分がこんなにも華美《かび》な生活をしていい者だとは思っていない。

そして、これからどうするべきなのか、とふと考える。

ユイがこの家に連れて帰ってくれた以上、ディアはこのままこの家で生活することになるのか。養父はいないが、ディアには暮らせる家があるのだから。それならもうあの家に戻る意味はないだろう。

だから彼は、ここに連れて来たのだろうか——

そう考えると、途端に心が軋《きし》んだ。

この痛みはなんだ、と考えても、答えを見つけたらいけない気がする。

あの美しく、華《はな》やかで優《やさ》しい家にいて甘《あま》え続けてはいけないのだ。

これまでと同じように、ディアの家はここのはずだ。

ただ、アンたちに別れの挨拶《あいさつ》も、世話になったお礼の言葉すら言えなかったことだけが悔やまれる。

そう思いながらディアは、上着を返さなければ、とユイを探して外へと向かうと、扉の向こうから声が聞こえてきて足を止めた。

どうやら近所の人たちと、ユイが言い合っているらしい。

近所の人たちの目は、これからもディアを苦しめるだろう。しかしそれはここで生活する以上覚悟《かくご》すべきことだ。

隠れるように暮らし、虚弱だと偽《いつわ》り、彼らを騙《だま》していたのは事実なのだから。

しかし石を投げられ、罵倒されたことを思い出すと、何もなかったように顔を合わすことなど出来ない。その場で立《た》ち竦《すく》んでしまっていると、ユイの言葉が耳に響《ひび》いた。

『どういうつもりがあって彼女を追い詰めたのか。はっきり言え――言えないのなら、二度と口にするな』

そんなふうに護ってくれなくても、いいのに。

いったい、どこまで、彼は――私をおかしくさせるの。

ディアは、そこまで護られなければならない存在ではないはずだ。

ディアはユイの言葉に我慢《がまん》出来なくなって、部屋の奥へと戻る。

そしてまた溢《あふ》れそうになる涙を必死に堪《こら》え、流しに向かって置いてあった布巾《ふきん》を濡《ぬ》らす。

埃を被った部屋を掃除《そうじ》しようと思ったのだ。

じっとしていると、不安と余計なことを考えてしまいそうになって、ディアは怖くなった。

とりあえず、動いていれば気は紛《まぎ》れる。

ユイの上着だけは汚《よご》さないように自分のマントの上に置き、ディアは長い袖《そで》を捲《まく》り上げながら慣れた手つきで動き始めたが、やはり自分の格好に呆れるしかない。

この格好は——掃除に向かない。

いつものように動くと、綺麗な服を汚してしまうだろう。

いっそのこと質素な服に着替えるべきか。

そう考えていると、ユイが部屋に戻って来ていた。

「——掃除をしているのか」

振り返ると、いつものユイがいた。

表情は、機嫌がいいとはお世辞にも言えない。

眉間《みけん》に力が入り、気に入らないことが常にあるようだ。

この世に自分を遮《さえぎ》る者など何もないというような、自信ある態度は偉《えら》そうにも見える。

いや、ユイは皇軍に所属する魔術士で、偉い人だった。

右耳にある赤い飾《かざ》りは、厳《いか》めしいのに整った顔を引き立てる、彼の魅力《みりょく》を溢れさせる要素でしかない。

魅力——？

ディアは知らず自分の考えたことに驚き、内心慌《あわ》てた。

そんなことを考える自分が愚《おろ》かにしか思えなかったからだ。それを誤魔化《ごまか》すように、棚を拭《ふ》きながらユイに答えた。

「——埃っぽい中では、暮らせません」

「荷物を片付けるのはいいが、ここでは暮らさないだろう」

「——え？」

何を言っているのか、とディアが驚いたのに、ユイは当然という顔だ。

「着の身着のまま連れ去られたんだ。片付けることもあるだろうとここに来ただけで、今日中に家に——リュウ家に戻る」

「——私も、ですか？」

「当然だ。お前を連れ帰らなければ、俺が母に叩《たた》きのめされる」

アンに叩きのめされるとはどういう意味か。

その様子さえ思《おも》い浮《う》かばなかったけれど、ユイの顔に誤魔化しや偽りなどひとつも見当たらない。

ディアは狼狽えたまま、訊き返した。

「でも、私は——ここが、私の家で、もう養父はいないけれど——」

「ディア。お前は俺の婚約者《こんやくしゃ》だ。結婚はまだ先になるとはいえ、婚約者を離れた場所でひとりにするなど、ありえないだろう」

「——」

とうとう、ユイはディアの言葉を奪った。

間違《まちが》ったことなど何も言っていない、というユイの態度に、ディアは混乱した。

最初に浮かんだのは、期待だ。

ディアはユイの言葉に、態度に、期待しているのだ。

何を期待するの——？　私は、彼に、何を思って——

願い？

望む？

不意に浮かんだ言葉が、ディアの心をさらに揺さぶる。

ユイの言葉が本当に真実で、ディアのことを考えているというのなら、馬車で言われたことも確かなのだろう。

そうすると、ディアが考えられる答えはひとつだけになる。

それだけになってしまう、とディアは自分で慌てた。

何を考えたの——

自分の気持ちを隠し、抑え、否定し、ディアは必死に冷静さを保つために奥歯《おくば》を噛《か》みしめた。

しかしそれだけでは収まらず、じっとなどしていられなくなったディアは、ユイに背を向けて拭《ふ》き掃除《そうじ》に戻る。

「――で、も、片付けと掃除は必要なので……」

なんの言い訳だろうと自分で呆れながら、目につくところを拭いていくと、長い髪がさらりと前に落ちてくる。

一部だけをまとめたディアの金色の髪は、綺麗に梳《す》かれて少しの動きにも揺れる。

掃除をする格好でもないけれど、掃除をする髪形《かみがた》でもない。

ディアは自分の髪をまとめていた飾りを抜《ぬ》き取《と》り、幸い簪《かんざし》になっていたので、それを使って長い髪を慣れた手つきでまとめた。

一部ほつれたままだけれど、流れ落ちてはこない。

これでましになったと、次は服を集めようと動くと、背後に人の気配を感じた。

誰かなど考える必要はない。

この部屋には、ディアとユイしかいないのだ。

「――――っ」

ディアは息を呑《の》んだ。

髪をまとめたお蔭で見えるようになったうなじに、温かなものが触《ふ》れたからだ。

微《かす》かな息に、毛先が揺れている気がする。

何が触れたのか、ディアは混乱してうまく考えられなかった。ただ真後ろに、身体の触れる位置にユイがいるのは確かだ。

「……髪はまとめるな。ここは、いよいよという時まで隠しておけ」

いよいよ――って、いつ……⁉

ディアは呼吸が止まるかと思った。

実際に、息は止まっていただろう。

ユイは動かなくなったディアを気にすることなく、簪を取ってまた髪を下ろしてしまった。

ばさりと乱れたお蔭で、顔が隠れたことにディアは少しほっとする。

顔が熱い。

どうなっているかなど、改めて確かめなくてもわかる。

自分が動揺《どうよう》し、いや、動揺させられ、真っ赤になっていることはわかりきっている。

そしてユイにもそれは伝わっているだろう。

ディアは混乱の極《きわ》みにあった。

昨日から、もうずっとわからなくさせられっぱなしだった。

そしておかしくなっている。

ディアは、もうこの家には帰れないのだろう。

そして、それはユイに言われたからだけではないと、それだけは気づいている。

これからどうなるのかなど、ディアは考える余裕《よゆう》もないが、考えたくなかった気持ちに心が乱されていることだけは、確かだった。

この人は——どれだけ、私をおかしくさせるの——？

ディアは今度こそ、壊れた人形のようにしか動けなかった。

5章 chapter.5

ユイが執務室《しつむしつ》に戻《もど》り、席に着くなり前触《まえぶ》れもなく扉《とびら》が開いた。

「ユイ、いる？」

「せめてノックをしろ」

「ウン」

今日も黒い格好をしたルオだ。

ユイが何を言っても気にしない態度はいつもの通りだが、言わないでいるとこちらの精神的負担が大きくなるだけだ。

小言と言われようともユイは言い続けるだろう。

「何かあったのか」

「ウン——昨日、ルェイで死体が見つかった」

ルェイというと、とユイは頭の中の地図を探し、すぐに見つける。

「皇都に近いヤンジーの村だな？」

ルオがただの死体ごときでユイを呼びに来るはずがない。何か言わなければならないことがあったのだろう。

「本当は行きたくなかったんだけど、なんか気になったからちょっと行ってみた」

「早く要点を言え」

「ルェイの村人が教えてくれた。それは数日前から村はずれに住み着いた盗賊《とうぞく》のひとりだと」

「盗賊……？」

このところ、盗賊と聞いて思《おも》い浮《う》かべるのは、ディアを攫《さら》った盗賊団だ。母がほとんど壊滅《かいめつ》させたが、数人が逃《のが》れている。そして逃れた中に、盗賊の頭目《とうもく》がいた。下《した》っ端《ぱ》だけを捕《と》らえても、所詮《しょせん》トカゲの尻尾《しっぽ》切《ぎ》りのようなものだ。頭を抑《おさ》えるまで、いなくなったとは言えない。

ユイが思い浮かべたことを、ルオも理解しているのだろう。小さく頷《うなず》いた。

「川に落ちて死んだっていう、水死体だった。ちょっと状態が良くない」

ちょっとどころか、状態のいい死体などほとんどない。

しかし仕事柄、ユイもルオも死体を見慣れてしまっている。

「早いほうがいいか」

死体があって、ユイを呼びに来た理由などひとつしかない。

「実はここに持って帰ってきてる」

「――手際《てぎわ》がいいな。珍《めずら》しい」

「僕はいつも手際がいいよ。早く帰ってララに会いたいからね」

「どうでもいいが手際を良くするのならこの書類も半分持って行け」

ユイは自分の机の上に積まれた書類の山を一瞥《いちべつ》する。

ルオもちらりと視線を向けたが、すぐさま一歩離《はな》れた。

「それはユイの仕事。僕の仕事はちゃんとある」

「明らかに、お前の分もここに乗せただろう。昨日俺がいないのをいいことに」

「チガウ」

「ハオを問《と》い詰《つ》める」

「ハオは僕の部下……ユイはユイの部下を使えばいい……ダンは？」

ルオは執務室にユイしかいないことに、今ここで気づいたように見渡《みわた》した。

ダンの席は綺麗《きれい》に片付いていて、本人は不在だ。

「もうすぐ来るだろう。定時定時と毎日うるさいからな。出勤は呆《あき》れるほど時間を守っている」

「……退勤時間が遅《おそ》くなれば定時の意味なんてないと思うけど」

「今更《いまさら》だ」

ユイは仕事が終わらない限り、ダンを定時で帰らせることなどない。

いくら騒《さわ》ごうと愚図《ぐず》ろうとも、仕事は仕事だ。

綺麗なダンの机を見て、ユイは立ち上がりながらふと思いついた。

自分の机の上に積まれた書類を抱《かか》え、そのままダンの机に置く。

「珍しい。ユイが仕事を勝手に押《お》しつけるなんて――やっぱり、早く仕事を終わらせてディアのところに帰りたくなった？」

ルオが珍しく驚《おどろ》いた顔をしているが、ユイは自分がしたことなどどうでもいいとばかりに先に部屋を出た。

「そんなことを考えるのはお前だけだ。死体はどこだ？」

「地下の安置室だけど――」

なるほど、安置室は言葉通り、死体を安置する部屋だ。部屋全体に時間を止める魔術《まじゅつ》を掛けてあるから、死体がそれ以上腐《くさ》ることはないだろう。

口ではなんとでも答えながら、実際ユイの頭に浮《う》かんだのはディアの姿だ。

しかも髪《かみ》を上げた首筋が、やけに白く浮かび上がり、脳裏に焼きついていた。

細い首と、解《ほぐ》れる髪。

それを見た瞬間《しゅんかん》、自制を考えるより前に吸い寄せられていた。

ディアは甘《あま》い香《かお》りがした。

花に惹《ひ》きつけられる蜂《はち》のように、ユイはそこに顔を伏《ふ》せた。

ディアの温度を唇《くちびる》で感じて、ようやく自制を取り戻したのだ。

慌《あわ》てて離れたけれど、言い訳できない状況《じょうきょう》だった。

あのうなじは駄目《だめ》だ。

幸い、ディアは何が起こったのかよくわかっていないようだった。

「――昨日、いいことがあったみたいだ」

地下へと向かいながら歩いていると、ルオがユイを覗《のぞ》き見るようにしていた。

「なんのことだ」

無表情を貫《つらぬ》いたけれど、敏《さと》く、付き合いの長い友人には気づかれているかもしれない。

「まぁいいけど」

珍しく表情を緩《ゆる》めて笑うルオを、ユイは見ないふりをした。

早く帰って彼女に会いたいという、ルオと同じ気持ちを持っているなどと、ユイは絶対に自分から言うつもりはなかった。


フェイフーから帰ったディアを出迎《でむか》えたのは、リュウ家のアンだ。

周りを囲む使用人たちも、満面の笑みで待っていた。

まるで一年以上会わなかったかのような対面だが、実際には一日会わずにいただけだ。

「ディア！　お帰りディア！　旅はどうだった？　疲《つか》れてない？　皇軍の無粋《ぶすい》な馬車なん

て、落ち着かなかったんじゃなくて？」

「あ……あの」

こちらの返事を気にしない勢いのアンに、ディアは戸惑《とまど》いながらも声を上げようとしたが、アンは簡単には止まらない。

「まぁ、髪が乱れているわ……服もなんだか汚《よご》れて……」

ディアに傷ひとつついていないかと全身を見渡したアンが驚いたように眉《まゆ》を寄せる。

その理由はわかっている。

やはりこんな服を着せてもらっていながら、掃除《そうじ》などするべきではなかった──せめて服を着替えるべきだった、と後悔《こうかい》したが、アンの視線はディアを送り届けてくれたユイに向かっている。

「まさか、まさかとは思ったけれど！　いくらディアが可愛《かわい》いからってまだ十六なのよ!?　それに最初は場所だってちゃんと考えていたのに！　真っ白なレースの天蓋《てんがい》に覆《おお》われた絹《しつ》を敷き詰めた寝台《しんだい》で家具もお揃《そろ》いにして部屋中を花でいっぱいに埋《う》め尽《つ》くして──桃色《ももいろ》や黄色、白い花と差し色に緑もいいわね、全部を整えてそれから、と決めていたのに──！」

ディアが後悔している間に、アンは矛先《ほこさき》をユイに向けて、怒《おこ》っているというか思いのたけをぶつけているようだった。

取り乱したアンに、ディアも彼女の言っている意味がなんとなく理解出来てしまった。

母親に問い詰められているユイは、慣れているのかいつもと変わらない不機嫌《ふきげん》な顔をしたままで冷めた目を向けている。

「お母さん、馬鹿《ばか》な妄想《もうそう》を今すぐに捨ててください」

「あの、これは私が、勝手に、この格好で掃除をしてしまって――申し訳ありません」

ユイの冷静な声に、ディアも慌てて弁解する。

どんな理由であっても、こんなに綺麗な服を汚したのはディアなのだ。

今まで何も考えていなかったことが恐《おそ》ろしいと思いながら、弁償《べんしょう》するならどれほどのお金が必要になるのか、想像もつかなくて顔を青くする。

しかし慌てたディアとは反対に、冷静なままのユイが言った。

「それから、そんな頭のおかしくなりそうな部屋ではごめんです」

「あら――あらディア！　貴女《あなた》はそんなことを謝《あやま》らなくてもいいのよ、汚れたら洗えばいいのだから、気にしないで掃除でもなんでもしていいの。でも、この家ではみんなの仕事を取ってしまうから、無理かもしれないわ」

みんな、と使用人たちを示しながら笑うアンは、もう怒ってはいないようだ。

それよりも、何かとても嬉《うれ》しいことがあったようににこにこと笑顔を振《ふ》りまいている。

「アン様、でも、私が汚したんですし、せめて私が洗って――」

「まぁ！　私のことはお母様って呼んでいいのよ！　さ、部屋に行って今日の冒険《ぼうけん》のお話をしてちょうだい」

「え、えっと……」

嬉しそうなアンに引っ張られて、ディアは玄関《げんかん》ホールに置き去りにされているユイを振《ふ》り返り、自分の置かれている状況を確かめようとするが、アンは止まらなかった。

「ユイ、部屋はもう少し考えておくわ」

「え――」

自分の息子《むすこ》に、もう用はないとばかりに軽く手を振りながら言い捨てたアンに、ディアは逆らえず付いて行くしかなかった。

ユイは呆れたように肩《かた》をすくめ、皇軍の寮《りょう》に帰って行った。

与《あた》えられた部屋に入るなり、アンは興奮したまま今日のことを細かく訊《き》いてきた。

いったいどうしたのだろう、と驚いていると、それはディアのせいだった。

ディアの受け答えが、反応が、これまでと違《ちが》っていたから驚き、そして喜んでくれているのだ。

何を言われても、何をされても、何も感じないまるで人形のような――それがこれまでのディアだ。

ゆっくりと自分を取り戻したものの、確かにはっきりと気持ちを言えるようになったのは、今日ユイにフェイフーの家に連れて行ってもらったからだ。

ディアはこれまでの自分の態度がどれほど愚《おろ》かだったのか、恥《は》じ入《い》るばかりだ。

呆れるほど、アンやリュウ家の人たちには良くしてもらっている。

それなのに、挨拶《あいさつ》ひとつ、お礼ひとつ言っていないディアは、養父から教えられた礼節をまるで無視していて、情けなさが募《つの》る。

ディアは自分の立場を考え、これからはちゃんとアンたちに向かい合わねば、と考えるものの、自分の立ち位置が曖昧《あいまい》なままで不安もあった。

確かに、アンにはユイの婚約者《こんやくしゃ》だと言われた。

そしてユイも、それを受け入れている。

ただ、ディアがどんな人間であるか、誰《だれ》よりもディア自身がよく知っているのだ。

皇国インロンの名家のひとつ、リュウ家に迎《むか》え入《い》れられるような、皇軍の魔術士の妻に収まれるような、そんな人間ではない。

こんな豪奢《ごうしゃ》な部屋に住めるような身分でもない。

それをアンに伝えたかったのに、それよりも先にアンが言う。

「ふふふ、嬉しいわディア。お人形のように綺麗で可愛いから、そのままでも充分《じゅうぶん》だったけれど、気持ちが伴《ともな》うとこんなにも嬉しいものだったなんて」

「――えっ」

「ジョセフィーヌも好きだけれど、私、貴女が好きよ、ディア」

「あの……？」

ジョセフィーヌってなんだろう？

ディアの頭にはわからないことだらけだったけれど、アンが喜んでいるのは確かだ。

「貴女が貴女でいることが、私は何より嬉しいの。もちろん、ユイにもきつく言って幸せにしてもらわなきゃ――ううん、むしろユイが嫌《いや》ならほかの誰かを紹介《しょうかい》するわ。きっと、誰もが貴女の虜《とりこ》になるわよ。貴女が幸せになれる人を私が見つけてあげる」

「え――」

にこにことした笑顔で話すアンに、どう答えればいいのかわからなかったけれど、彼女の話す内容に頷けないこともある。

ディアはとっさに首を横に振った。

「私は、あの人で――……」

最後まで口にすることは出来なかったが。

自分が何を言いたかったのか、何を望んでいるのか、無意識に言ってしまいそうになって慌てる。

途中《とちゅう》で止めたのに、アンはそれだけでわかったようだ。彼女はさらに目を細めた。

「ユイも悪い子じゃないの、不愛想《ぶあいそ》だけれど、いい子なのよ！　ディアにきっと夢中になるわね。そうなったら私は本当に貴女のお母様――ねぇ、ちょっとお母様って呼んで？」

「うぇ……っ!?」

「お母様――ジョセフィーヌからお母様なんて、こんなに幸せでいいのかしら！」

戸惑うディアに対し、反応などまるで気にしないアンはひとり喜びを口にし続ける。

どうしたら、と困惑《こんわく》するばかりだが、不意にアンが口元に笑みを浮かべたまま真面目《まじめ》な目で、ディアを見つめた。

「──ディア」

「はい……」

「貴女がまず、幸せでいてくれることが、私の幸せなの。怒っていいの。泣いてもいいの。でも、最後には笑ってほしいの」

真剣《しんけん》なアンに、ディアが何を言えるだろう。

「私を幸せにしたいと思ってくれるなら、貴女がここで幸せになってくれることが、一番だわ」

それがすべてだった。

ディアの思いを、これからの道筋を、アンが示してくれている。

ただ、それでいいのか──それを素直に受け入れていいのかという不安がディアの中にはまだ残っている。

ディアがここにいるのは、幸運以外の何ものでもなく、それをただ受け入れるだけなど、ディアに許されるのだろうか。

ディアが困惑したのがわかったのか、アンは苦笑《くしょう》しながらディアの手を握《にぎ》った。

「ゆっくり、考えましょう。貴女が何を求めているのか、何を望んでいるのか。ゆっくり考えればいいわ。私たちは、それが何であっても、支援《しえん》するだけだもの」

また、望むことを願われた。

願いなど、望みなど、ディアが求めているものなど、逆に教えてほしいくらいだ。

幼い頃《ころ》から、誰も信用するなと教えられ、ただひとりの家族だった母とは別れ、絶えず緊張《きんちょう》の中で生きてきた。

養父はディアを護り育ててくれたけれど、一歩離れた付き合いをしていたため、心から寄《よ》り添《そ》ったことはない。

自分の望みを言うこともなかったし、そもそも考えたこともなかった。

ただ、いつか母が迎《むか》えに来ると希望を抱《いだ》いていたくらいだが、それも数年のうちに消えた。

何も望まない。

何も願わない。

誰も信用しない。

気持ちを打ち明けるような、そんな付き合いをしてこなかった。

今になって、急《せ》かすようにそれを言われ、望むことを与えられても、ディアにはうまく考えることすら難しい。

望みを簡単に口に出来るほど、ディアは人に甘えたことなどなかった。

けれど、この家では違う。

これまでのディアを受け止め、さらに自由にしようとしてくれるアンや、リュウ家の人たちは違う。

人を簡単に信用しなかったディアだが、彼らには知らないうちに心を奪《うば》われている。

それを素直《すなお》に口に出来るほど、ディアはまだ落ち着いていない。

あと一歩、踏《ふ》み出せばいいだけかもしれない。

けれどその一歩は、これまでの人生をすべて覆《くつがえ》すような、大きな一歩なのだ。

簡単に出来ることじゃない。

ディアはまた混乱の中に陥《おちい》っていたが、アンはそれを受け止め、考えることに集中させてくれていた。

それが甘えているという事実になるのだが、今のディアにはそこまで思い至らなかった。


一晩考えたものの、はっきりとした答えなどディアには出せなかった。

けれど、まともな人間らしく、ちゃんと受け答えはしなければ、とアンにも、リュウ家の使用人たちにも対応する。

彼らは何が嬉しいのか、ディアが自分から動き、話すだけで喜んでいる。

見世物になった気分は拭《ぬぐ》えないが、贅沢《ぜいたく》をさせてもらっているのは自覚しているため、何も言えない。

でも、度々《たびたび》出てくる、ジョセフィーヌって誰かしら——

ディアがそんなことを考えていると、アンが今日の夕食はユイも一緒《いっしょ》だと教えてくれる。

今日はアンに付き合って、買い物や舞台《ぶたい》見物に出かけ回っていた。

貴族の買い物は、家で待っていればいろんな商人たちが品物を持ってくるものらしい。けれど、アンはそれだけでは飽《あ》き足《た》らず、皇都中の店を知りたいと言わんばかりに身分も気にせずいろんな店に繰《く》り出《だ》していく。

ディアが触れも出来ないほどの物が並ぶ高級な店だったり、小さな子供たちが出入りするような気軽な店だったりと、目まぐるしい。

そしてディアはいつものように着飾られ、アンの知り合いたちに自慢《じまん》されているようだった。

観劇に行くなど、想像もしなかった体験である。ほとんどを家の中で過ごしてきたディアにとって、外を出歩くことすら緊張する。

しかし、誰にとっても朗《ほが》らかで、堂々としたアンの隣《となり》にいれば、気づまりどころか新しい世界を知っていくことも悪くないと思えた。

質素な服がいい、とディアがためしに希望を言うとアンが悲しそうな顔をする。確かに、そこにいるだけで気品溢《あふ》れるアンの側にいるには、これまでのディアが持っていた服では到底太刀打《とうていたちう》ちできない。

かと言って、派手すぎるのも困る――

だが、ディアはあまりにいろんな人に引き合わされ、連れまわされたお蔭《かげ》で、アンが楽しそうであるならいいか、と次第《しだい》にそう考えるようになった。

気持ちは高揚《こうよう》していた。

しかし最後に、ユイに会うと言われると、緊張が甦る。

昨日会ったばかりなのに――いや、昨日会ったからこそ。

ディアはユイの前に立つことに、身体《からだ》を強張《こわば》らせた。

ただそれは、恐怖《きょうふ》からではないとわかっている。

期待を、抱いているのだ。

期待なんて、するはずがないと否定しつつも、心はディアより正直だ。

必死で抑えていても、新たに根付いた感情はなかなかなくなるものではない。

予約していたという夕食の店は、とても綺麗だった。

リュウ家の中にいるような、豪華《ごうか》な調度品に囲まれた個室に案内され、ディアは緊張したままユイが来るのを待つ。

楽しそうなアンに相槌《あいづち》を打ちつつ、心は動揺《どうよう》して何を言われているのかよくわかっていなかった。

「――お待たせしました」

「遅いわ！」

そこに現れたユイに、ディアは心臓が跳《は》ねた。

「いつもいきなりなんですよ。仕事があったんです、これでも急いだほうです」

「可愛い婚約者との食事なのよ。何を置いても来るのが常識よ！」

「それはお母さんだけの常識です」

いつもと変わらない不機嫌な顔と、冷静な低い声でアンに応えるユイは、いつもと同じだった。

同じに見えた。

けれど、その視線が一度もディアを見ない。

ユイがこの部屋に入って来た時から、ずっと目が追っているというのに。

何か、おかしい――？

そう思えるほど、ディアはユイを知っているわけではない。

ただ、昨日の親密な触《ふ》れ合《あ》いや、これまでの紳士《しんし》としての対応を思い出しても、今日のユイはどこか違って見える。

ディアはただ突《つ》っ立《た》っているだけでは駄目だ、と気づき、一歩ユイに近づいた。

「あの……お仕事、お疲《つか》れさまです」

「――ああ」

頭を下げながら言ったけれど、ディアはそのまま固まった。

近づいた分、ユイが一歩下がったからだ。

どうしたのか、と顔を上げて見ても、ユイと視線は合わない。

「……昨日は、ありがとうございました」

「構わない。たいしたことはしていない」

「でも……」

はっきりと、きっぱり言いきる低い声は、いつものユイのように思える。

ただ、ディアは気づいた。

アンには普通《ふつう》の態度を示すユイが、ディアから一歩離れているのを。

決して近づけない距離《きより》があることを。

ディアの目を、一度も見ないことを。

不機嫌で不遜《ふそん》な態度でありながら、ユイはいつもディアを見ていた。

見られなくなってから、そのことに気づくなんておかしい。

どうして——こんなこと——私、何を考えていたの？

不安より、動揺が心を塞《ふさ》ぐ。

期待をした自分が馬鹿みたいだ。

期待？　そんなことを、考えることすら愚かだった。

ユイが、いったいディアをどうすると思っていたのだろう。

心の中に、奥深《おくぶか》いところに芽生えた自分の望みを、ディアは自分で押《お》し殺《ころ》す。

ユイとの距離は変わらないまま、夕食は終わった。

自分が何を話したのか、ユイとアンが何を話していたのかもよく覚えていない。ただ苦しい時間が終わって良かった、と思っただけだ。

夕食後、ユイがそのまま帰ったことで、ディアはますます気持ちが塞ぎ、何かを考えることすら出来なくなっていた。

もう、ここにいることは出来ないのかもしれない――

そんな考えがディアの頭に浮かんだが、だからといってどう動けばいいのかすらわからなかった。

ディアが絶望した気持ちに陥った翌日、さらに悪いことが続いた。

連日のように連れ出されていた皇都の街でアンに続いて歩いていた時、ディアは後ろから何者かに羽交《はが》い締《じ》めにされた。

驚き、声を上げるより前に口を塞がれて、何かを吸《す》い込《こ》んでいた。

一瞬《いっしゅん》で視界が揺《ゆ》れたが、最後に見たのは驚いて慌てた様子のアンだった。彼女を囲む使用人や護衛たちも動いてくれていたようだが、ディアにはもう何も見えなかった。

意識がなくなる直前、視界の暗くなる中でディアが思い浮かべたのは、ひとりだけだ。

ユイ――

最後に、もう一度だけ、会いたかったな。

それは、確かに望みになるのかもしれない。

ディアはそう思いながら、深い意識の底に沈《しず》んでいった。

6章 chapter.6

ディアが誘拐《ゆうかい》された。

まったく情けない。

母の護衛についていたイヨたちは、総員鍛《きた》え直《なお》す必要がある。

そう思いながらも、後手に回っていることにユイ自身が憤《いきどお》っていた。

「ユイ、人を殺しそうな目をするな」

「殺してはいない」

目つきが鋭《するど》いのは生まれつきだ。

ルオに言われたものの、ユイは据《す》えた目でイヨを見ていた。

母の護衛であるイヨは、母を屋敷《やしき》に送り届けた後、皇軍《こうぐん》の庁舎まで赴《おもむ》いていた。一報はほかの者からもあっただろうが、詳《くわ》しくはイヨが一番よくわかっているからだ。

本人がすぐに出頭したのはよしとしよう。

ユイの前で、大きな身体《からだ》を小さくしているイヨは、自分の罪を理解している。

母を護《まも》ることが仕事とはいえ、母の大事にしている者を見捨てていいわけではないのだ

「はい、ちらりとでしたが――人が多かったので全身ではありませんが、顔を隠《かく》していたフードが揺《ゆ》れて。鋭い目をした男でした」

「それで。イヨ、お前は見たのか？」

から。

「それならいい。ルオ」

「ウン」

ユイはイヨの前をルオに明《あ》け渡《わた》した。

母の取る行動は、後始末が困難になることが多い。

だから一部始終を見ている者の記憶《きおく》があれば、ユイとしても、皇軍としても動きやすかった。

そしてイヨは、後始末のために、何度もルオに触《ふ》れられているから、慣れたものだった。

黒い手袋《てぶくろ》を取ったルオの指先が額に触れるのを、大人しく待っている。

ルオの能力は、記憶に関するものだ。彼は触れた者の見たものがすべて、同じように視《み》える。

だからルオの前では、犯罪者などあっという間に丸裸《まるはだか》にされる。

自分の記憶が人に視られる――それを恐《おそ》れる者は多い。

皇軍の中にあってさえ、ルオは忌避《きひ》される存在であった。

しかしルオは人の記憶を望んで視《み》たいわけではないとユイは知っている。

幼い頃《ころ》から周囲にそんな扱《あつか》いを受けていれば、捻《ひね》くれていてもおかしくないにもかかわらず、ルオは素直《すなお》だ。

人付き合いがうまいとは言えないユイより、よほど他人のことを考えていて親切だった。わずか三歳《さい》で皇軍に入ったことと、貴族たちからの蔑《さげす》みも酷《ひど》かったせいか、ユイのほうがよほど愛想《あいそ》というものが欠落していた。

そして今はさらに、険しい顔をしているのだろう。

ルオは目を伏《ふ》せ、しばらく黙《だま》ったままだったが、目的のものを視たのか顔を上げた。

人の頭の中を、ルオがどんなふうに視ているのかはわからない。

相手が意識していないと、視たい記憶は膨大《ぼうだい》な記憶の中から探さねばならず、そんな面《めん》倒臭《どうくさ》いことはしたくない、と昔言っていたのを覚えている。

今回は、イヨも慣れているのか、ディアが攫《さら》われるところをはっきり思い出しながら視せたはずだから、早いほうだろう。

「ん、やっぱりあの男だ」

「盗賊《とうぞく》の頭目か？」

「ウン」

「盗賊とは——アン様がディア様を助けたときの、ですか？」

頷《うなず》いたルオに、イヨが確かめている。

イヨ自身は、ディアを助けるために盗賊に奇襲《きしゅう》をかけたのだろうが、その時刻が夜明け前だったため、相手の顔がうまく見えなかったのだろう。

しかしルオは、もう取り逃《とに》がしている盗賊の頭目の顔を知っていた。

ルオに記憶を視せてもらい、ユイも知っている。

「昨日、ルェイで上がった水死体を確認《かくにん》した。盗賊のひとりだったが、仲間割れというか——邪魔《じゃま》になって殺されたらしい。殺したのはその頭目の男だ」

さすがのルオも死体の記憶を視ることは出来ない。

なぜなら、記憶も一緒《いっしょ》に死んで失くなっているからだ。

しかし、身体さえ蘇《よみがえ》れば身体が覚えている記憶を視ることが出来る。

そこで、ユイの力が必要になる。

時間を操《あやつ》るユイは、時計を直すことも出来るが、死んだ肉体の時間をも巻《ま》き戻《もど》して生き返らせることが出来る。ルオの力と合わせれば、死体であっても生前のことがわかるため、一緒に組んで動くことが多い。

水死体はずいぶん傷《いた》んでいたが、ユイの力の前にはなんの弊害《へいがい》もなかった。

自分の魔力《まりょく》が続く限り、時間はどこまでも巻き戻せるが、死体が呼吸をしたからといって、意識が戻《もど》るわけではないのは何度も確かめたからわかっている。

生き返らせた肉体も、一日も持たずもう一度死ぬ。

自発的に呼吸をしているわけではないためだ。ルオが記憶を探《さぐ》る間だけ、生き返ればそれで充分《じゅうぶん》だった。

死んでも秘密は暴かれる——それを周知することは出来ず、この仕事に関しては厳重に秘されていた。

「攫って売るつもりだった女性はディアだけじゃないみたいだけれど、ディアほど綺麗《きれい》な子はほかにいない。だからディアに執着《しゅうちゃく》しているみたいだ。そのあたりが、諍《いさか》いの原因になったみたいだね——冷酷《れいこく》な男だ」

「それは——やはり、我々があの時、取り逃がさなければ……」

ルオの説明に、自責の念が強いのかイヨが顔を顰《しか》めた。

しかし、後悔《こうかい》したところでディアが戻ってくるわけではない。

「捕《つか》まえればいいだけだ」

「そうだね。ユイが相手を切り刻む前に捕まえなきゃ」

「切り刻むわけじゃない」

「そうだね。蹴《け》り殺す前に」

「蹴ったくらいで死ぬか」

「ユイ……本気で言ってる？」

「ユイ様……」

呆《あき》れたユイを、少し表情を歪《ゆが》めたルオと、はっきり残念そうな顔をしたイヨが見ている。

「ユイの蹴り技《わざ》、本当に凶悪《きょうあく》だよ。皇軍の中でも、まともに受けて平気でいられるのは——ダンくらいかな？」

ユイとしては修練の結果としか言いようがないが、イヨもルオに同意して頷いていた。

ダンはユイの補佐《ほさ》になって三年ほどだが、しょっちゅう蹴られるようなことをしている。おそらく、身体が慣れたのだろう。

「ダンのことはどうでもいい。盗賊がどこへ向かったのかが知りたい」

ユイの言葉にふたりとも頷き、イヨが答える。

「おそらく、サイエンの町だと思いますが――」

「根拠《こんきょ》は？」

「ディア様を売る場合、ほかの町では目立ちすぎます――いえ、私が売るわけではないのですが」

「ユイ、目つきが悪い」

「生まれつきだ」

イヨの話に自然と目が据わっていたようだ。

気にせず続けろ、と言うと躊躇《ためら》ってからイヨは続ける。

「ディア様の外見が外見ですから。人の少ない田舎《いなか》では悪目立ちしすぎますし、異人の少ない町でもそうです。ディア様に執着している盗賊は、何がなんでもディア様を高く売りたいと思うでしょう。それなら、雑多な人種が多いサイエンの街中が一番目立たないかと」

一理ある、と頷く。

おそらく盗賊は、ディアを奪《うば》われてからこれまで、ずっとディアを見張っていたのだろう。しかしディアの側には常に誰《だれ》かがいた。

そしてディアを高く売る相手を見つけることも必要だ。

相手が決まれば、あとはディアを見つからないように売るだけだ。

サイエンは交易の町であり、隣国《りんごく》にも接しているため、他国の商人や旅人がいるのが日常で、一風変わった外見でも悪目立ちするほどではない。

サイエンに次いで、他国の者が入り乱れるのは皇都だが、皇軍のお膝元《ひざもと》で堂々と悪事を働くのは難しいし、かなりの賭《か》けになる。

それならサイエンを選ぶことは当然と思えた。

「あとは――」

「誰に、どこで売るか、でしょうか」

ルオの言葉をイヨが引《ひ》き継《つ》ぐ。

しかしユイはそれだけでは納得《なっとく》できなかった。

「いや、ほかにも調べなければならないだろう」

「何を？」

「今回、ディアを攫ったのはあまりにも突然《とつぜん》だった。しかも人ごみの中に紛《まぎ》れての犯行は、行き当たりばったりのようでいて、その実かなり計画されていたことだろう」

でなければ、母の護衛たちが見逃《みのが》すはずはない。

それくらいの信用を、ユイはイヨたちに持っていた。

「つまり、誰かが手引きした、と……」

「アン様の予定を、知っていた者がいる、ということですね？」

「そうだ。母の今日の行動と、それに関わっていた者、知り得る者をすべて当たって背後関係を洗い出せ」

「もしかしたら、そいつがディアを手に入れたかったから、とか……」

ルオの言葉は最後に小さくなっていた。

ユイが全力で睨《にら》んだからだ。

「じゃあ僕は、自分のほうで調べる」

「わ、私もアン様やほかの者と……」

「……ユイ、そういえば、ダンは？」

ユイたちは執務室《しつむしつ》にいるのだが、やはりダンは不在だった。

「ダンにはほかの仕事を頼《たの》んでいる。もうすぐ戻《もど》って来るだろう。そうしたら手伝わせる」

ユイの返事を聞いて、ルオもイヨも部屋を出て行った。

あてもなく探しても、意味がないのはわかっている。ディアを攫う手引きをしたのは、おそらく貴族の者だろう。

貴族の動向を調べるのに、ダンほど最適な男はいなかった。

ユイもすぐさま出て行きたいが、ダンの捜査能力も必須だ。

ただ、今は彼が戻るのを待つしか出来なかった。

しかし不機嫌《ふきげん》になるのはどうしようもない。

ダンが戻ってくれば、遅《おそ》いと足が出ても仕方がないことだろう。


何かの音がして、ディアは気がついた。

目を開けたが、あたりは暗かった。

ゴトゴトと激しく揺れて、倒《たお》れているらしい自分の身体に衝撃《しょうげき》が響《ひび》いている。

大きな布に包まれているようだが、板を張っただけのような床《ゆか》に転がされていては、もう一度寝ることは出来ない。

「……？」

ゆっくりと身体を起こすと、頭が痛む。

ここはどこだろう、と考えながら見渡《みわた》すと、どうやら馬車の中にいるようだ。それもリユウ家の使用しているようなクッションと椅子《いす》が備えてあるものではなく、ただの幌《ほろ》を張った荷馬車のようだ。

その馬車が、結構な速さで進んでいる。

整備された街道《かいどう》でも、こんな勢いで走っていたら安定にはほど遠い。

馬車の中に明かりはなく、布が下ろされている後ろの部分からも、光はなかった。

夜なのだろう。

何時なのか、いったいどうしてこんなところにいるのか——

ディアは痛む頭を押《お》さえ、激しい揺れに耐《た》えながら記憶を探る。

今日は、アン様と出かけていて——珍《めずら》しい絵があるから、と誰かのお屋敷に行って、それから——

最初は馬車に乗って移動していたのに、街中を歩くこともアンは好きなようで、人ごみの中を護衛に囲まれながら歩いていた。

そこで、ディアは後ろから誰かに羽《は》交《が》い締《じ》めにされたことを思い出した。

「私——」

叫《さけ》ぼうにも口は布で押さえられ、アンたちが驚《おどろ》いた顔をして、いや、焦《あせ》っていたようにも見えたけれど、大きな腕《うで》に抱《かか》えられた後それ以降の記憶がない。

そこで、気を失ってしまったようだ。

いったい誰がこんなことを、と考えるが、頭がズキズキと痛む。

床の布に丸まるように頭を抱えて蹲《うずくま》ると、馬車はゆっくりになり、そして止まった。

身体への衝撃は少なくなった、とほっとしたが、誰かが外を歩いて後ろの布を引き上げた。そして明かりを手に中を覗《のぞ》き込《こ》んでくる。

「――ああ、起きたのか。よく寝ていたなぁ。まぁ大人しくしていたほうがいいから、薬をかがせたんだが」

この頭痛は、どうやらその薬のせいらしい。

人の意識を奪うようなものだ。心地良いものではないのだろう。

眩《まぶ》しさに目を細めたが、明かりは暗い外とその人物を照らしていた。

左の頬《ほお》に大きな傷のある男が、にやりと笑った。

ディアは息を呑《の》む。

その顔を、知っていたからだ。

記憶はちゃんと働いているようで、ディアはこの男を覚えていた。

「寝ていたほうが、楽だったかもしれんがな。セイアンまでもう少しだ。馬を替《か》えて一日以上走らせたんだ。もう少し大人しくしていろ。そうしたら、ご褒美《ほうび》をやるよ」

男はそう言って、また布を下ろして暗闇《くらやみ》に戻した。

楽観視《らっかんし》していたわけではないけれど――

攫われたのだろう、となんとなくわかった。

しかし、二度も同じ男に攫われるのは、何か理由があるのだろうか。それがどんな理由にせよ、ディアにとっていいことであるはずがないのは、よくわかっている。

また、絶望という闇《やみ》に落ちてしまいそうだった。

自分のことなど、どうでもいい。

何が、誰がどうしようと、どうなろうと、気にしない。

ただ流されるままに自分を殺し、何も考えなければきっと今より辛《つら》くはないだろう。

そう思うのに、今のディアの心はしっかりしていて、頭もはっきりし、思考が止まることはなかった。

どうして——

おかしくさせてくれないのか。

人形のようになれないのか。

心は壊《こわ》れてくれないのか。

ディアは頰が濡《ぬ》れて、自分が泣いていることに気づいた。

もう心を失《な》くしたディアには戻れないことにも気づいた。

ディアの心には、アンがいた。

リュウ家の人たちが笑っていた。

異人でなんの役にも立たないディアを、大事にしてくれた彼らが脳裏《のうり》に浮《う》かぶ。

そして、不愛想で不機嫌なユイが、ディアを強くしてくれた。

外界との、人との繫《つな》がりを絶ったディアを、現実の世界に引っ張り戻してくれたユイを、ディアは覚えていた。

忘れようにも、忘れられない。

無視したくても、ディアの心は常にユイを追いかけている。

「人形と結婚《けっこん》する気はない」と言ってディアを嫌《きら》っていると思っていたのに、誰よりもディアを理解して、心を取り戻させてくれたのは、ユイなのだ。

ユイを知った今、ディアはもう己《おのれ》を失うことは出来なかった。

「――――っ」

声を押《お》し殺《ころ》しても、涙《なみだ》が溢《あふ》れてくる。

自分はこれからどうなるのか。

あの男は「ご褒美」なんて言ったけれど、ディアにとっていいことが待ち受けているはずがない。

自由になれる場所が、用意されているはずがない。

きっと、ゆっくりと、しかし確実にディアは死んでいくのだろう。

身体は生きていても、心が壊されて、死んでいくのだ。

そんな人生が待っているのだと思うと、絶望する以外何も出来ない。

それに、助けてもらえるなんて楽観も出来ない。

ディアは忘れられなかった。

最後にユイに会った時、ユイは決してディアを見なかった。ディアに触れなかった。

近づくこともしなかった。

その前の日は、あんなにも近くにいたというのに。

その温《ぬく》もりと、強い心で、ディアの大事にしていた気持ちを取り戻してくれたというのに。

やはり、母親に押《お》しつけられた女なんて、興味はなかったのかもしれない。

フェイフーに連れて行ってくれたのも、ただの善意――いや、皇軍に所属する軍人としての義務だったのかもしれない。

またリュウ家に連れ帰ったのも、アンに言われていたからかもしれない。

婚約者《こんやくしゃ》だと言いながら、ユイはディアの存在を、ディアが感情を思い出したからこそ、疎《うと》ましく思ったのかもしれない。

かもしれない、と自分で考えながら、それらが事実なのだろうとどこかでわかっている。

だからこそ、より一層涙は止まらなかった。

期待をした自分が愚《おろ》かなのだ。

『お前の願いはなんだ』

『お前の、望みはなんだ』

あれは、社交辞令のようなもので、本気でディアのことを知りたかったわけではないのだ。

それなのに、そんなことに一喜一憂《いっきいちゆう》するほど踊《おど》らされて、ディアはなんて愚かなのだろう。

もう心なんて死んでしまえばいいのに。

そうしたら、こんな痛みは消えてなくなるのに。

今はそれが、ディアの唯一《ゆいいつ》の望みだった。

しかし頭の中からユイは決していなくならない。

ユイの温もりを、ディアは忘れられない。

辛い——痛い。

こんなことなら、ユイに出会いたくなどなかった。

あのまま、最初に攫われた時に、そのまま死んでしまいたかった。

ディアは声を殺したまま、また揺れ出した馬車の中で、涙が流れるまま泣き続けた。


「ユイ隊長、わかりましたぁ——って何⁉」

ダンが執務室へ戻って来るのと同時に、ユイはその顔めがけて足を振《ふ》り上《あ》げたが、相手は驚きながらもうまく躱《かわ》した。

ユイは舌打ちをする顔で睨みつける。

「遅い」

「いやいやいや全然早いでしょ⁉　すごく早かったですよね⁉　貴族たちを調べるように言われてからまだ一刻とちょっとくらいですよ！」

自分の能力のすごさにびっくりです、と言いきるダンは、確かに仕事が早い。

「その前に帰ってくるのが遅かったからだ」

「それだってユイ隊長に言われた仕事なのに⁉」

「そんなことよりどうだったんだ。時間が惜《お》しい。裏門まで歩きながら聞く」

「そんなこと……」

執務室を出て早足で歩き出したユイに、肩《かた》を落としながらもダンは従っている。

そこに、ルオが現れた。

「あ、帰って来たんだ、ダン。どうだった？」

「誰ひとり俺の努力を褒《ほ》めてくれない……転職したい……」

ルオの言葉に、ダンはさらに悄気《しょげ》げている。

鬱陶《うっとう》しいとユイは無視していたが、ルオはフードの下からダンを覗き込むように言った。

「……皇軍を辞《や》めたら、モテなくなると思う」

「――そうっすね！　そうですよね！　俺、皇軍辞めません！　リュカちゃんと結婚するまでは‼」

「リンカはどうした」

知らない女の名が出てきて、ついユイは口を出してしまったが、ダンは先ほどとは打って変わって笑顔で答えた。

「俺の運命の女はリュカちゃんです！　とっても可愛《かわい》くて優《やさ》しいんです！　今は忙《いそが》しいからお店でしか会えないけど、俺、彼女と結婚するんです！」

「………」

全力で言いきるダンに、ユイはもう何も言うことはなかった。

ルオすら口を開こうともしない。

「すっごくいい子なんですよー、もう全体がふんわり明るくて！　綺麗好きで！　でもお家《うち》が貧しくて、お腹《なか》が空《す》いてるけど頑張《がんば》って働くんだって笑顔で！　いつも俺の手を取って一緒にご飯食べようって誘《さそ》ってくれるし！　ちょっとユイ隊長聞いてます⁉　すごく可愛いんですからね！　ユイ隊長のディアちゃんより――ッごふ‼」

「あー」

ユイは片足を軸《じく》にして、後ろを振《ふ》り返《かえ》りつつ背後にいたダンの腹部を思い切り通路の壁《かべ》に蹴り上げた。

隣《となり》でルオが呆れを含《ふく》んだ目で見ている。

「俺は、報告しろ、と言ったんだ。いいように飯男にされているお前の話が聞きたいんじゃない」

「お……俺はそれでも……負けないっ！　ユイ隊長に阻《はば》まれてもっ、リュカちゃんと愛をつらぬく……！」

ユイの足によって壁に貼《は》り付《つ》けにされながら、それでも諦《あきら》めない根性《こんじょう》には呆れるしかない。

「ダンって、本当頑丈《がんじょう》だ」

「どうでもいい。報告しろ」

「ううう……」

ユイはダンから足を離し、ちょうど着いた裏門から馬車の用意をする。

地に手をついたダンだが、呻《うめ》きながらも報告し始めた。

ダンの報告によると、昨日から皇都に不在の貴族は十家。

そのうち、サイエンに向けて出かけたのは三家、ヤー家、リニ家、そしてオウ家だ。

リュウ家を陥《おとしい》れようと画策するのはどこかと言われれば、どれも、としか答えようがない。付き合いがあり、協力し合う家がないわけではないが、皇国インロンにおいて、いろいろな面でリュウ家は突出《とっしゅつ》している。

皇族の覚えもめでたく、貴族の中でも上流であり国策にさえ口を挟《はさ》めるリュウ家の存在を、疎ましく思う家は数えきれない。

ダンに貴族を探らせている間にも、ユイは家や母と連絡《れんらく》を取り、状況《じょうきょう》を調べていた。

母の当日の予定を知るものは少ない。

友人の家に絵を見に集まることは以前から予定していたため、その動きを把握《はあく》するのは容易《たやす》いだろう。ただその後、屋敷に戻るのではなく、街中を歩いて移動していたのは、突《とっ》発的《ぱってき》な行動だったはずだ。

それを聞いてユイはまたか、と思う。

母は護衛もいることからか、よく勝手に街中を歩いて移動するのだ。

だから少し調べれば、母の破天荒《はてんこう》な性格など誰にでもわかることだった。

そこに目をつけていれば、絵を見に行った帰りにディアを攫《さら》う隙《すき》を見つけられただろう。

母が珍しく肩を落とし、しょんぼりとしていたが、ユイは慰《なぐさ》めるつもりはなかった。

そんな母を父が放っておくはずがないし、これを機に自分の身の安全も気にしてほしかった。

「サイエンに向かった三家のうち、ヤー家の目的ははっきりしています。隣国セイアンとの交易をあらためるという、政務部よりの仕事です。あと、リニ家は先年、長女がサイエンに嫁《とつ》ぎ、子供が生まれたため、当主が孫会いたさによく通っているそうなので、それかもしれません。オウ家は買い付け、と言って嫡男《ちゃくなん》のカクが出かけていますが、何を買うかはわかっていません」

「貴族が確実に絡《から》んでいるとは、限らないと思うけど」

ダンの調べに対し、ルオが横槍《よこやり》を入れるようなことを言い出した。

「だが、隙を見つけやすいのは貴族の手引きがあればこそ、だ」

「貴族を介《かい》して、他の誰かが欲《ほっ》している、ということもある」

それならありえない話ではないが、やはり貴族を当たるほうが確率は高い。

ルオは少し肩をすくめた。

「さっき入った情報だよ。ヤンジーの商家の男が、異国の女性を欲《ほ》しがっているという噂《うわさ》があるらしい」

「――誰だ」

「ユイ、人殺しの顔になってる」

「まだ殺してない」

「それ殺すって確定してますよね」

顔が険しくなるのも仕方がない話だ。

ユイはそんなことはどうでもよかった。この情報があったから、ルオはユイを追いかけてきたのだ。早く話せと促《うなが》すと、ルオは素直に従った。

「ヤンジーの町で噂になり始めて結構経つらしいけど、その男が近々異人の女性を手に入れると漏《も》らしたらしい」

「それは――」

「この時期を見る限り、ディアだろうと」

「ヤンジーにいるのか？」

サイエンに行く予定だったが、ディアを買う男がわかっているのならそれを先に潰《つぶ》すのもいい。

しかしルオは首を振《ふ》った。

「その男は現在、サイエンに向かっているようだ——つまり、ディアの取引はサイエンでと決めているんだろう」

「わかった」

馬を繋いだ馬車の御者席《ぎよしやせき》に乗《の》り込《こ》もうとすると、ルオが付いて来る。

「なんだ」

「ダンは連れて行かないんだろ」

「ひとりで充分だ」

「ユイひとりだと、やりすぎるかもしれないから」

そう言われると、何も返せない。

ユイは冷静でいるつもりだが、ふつふつと身体の奥《おく》から湧《わ》き上《あ》がるものは、怒《いか》りだとわかっている。

盗賊を前にして、その怒りがどうなるか。

好きにしろ、と言うとルオは馬車に乗り込んだ。

「あ、それからシェイも後で来ると思う」

「——なぜだ」

情報を摑《つか》んだルオの同行は理解出来ても、シェイは第三部隊に所属しながら特殊《とくしゅ》な地位についているため、よほどのことがない限り皇子の元にすぐ駆《か》けつけられる場所にいることが決められている。

すでに馬車の中でくつろいだふうのルオは当然の様子で答えた。

「ディアが怪我《けが》をしているかもしれないし、女性のほうがいいかもしれないから、リイファを連れて来てくれるって」

「………」

考えたくない事態だが、ありえない話ではない。

顔はますます険しくなったが、ここは友人の気遣《きづか》いをありがたく受け取るべきだ。

「……わかった」

「あのー」

もう裏門を開けさせて、馬車を出そうという時、残されたダンが小さく声をかけてくる。

「なんだ」

「俺は……また留守番《るすばん》、ですか……ディアちゃんに会えないまま……」

ダンの邪《よこしま》な要望などどうでもよかったが、ユイも仕事が出来る部分はダンを評価している。

たとえ彼が、女性に対して甘《あま》く、いいように利用されるだけの存在だとしても。本人が納得し、仕事に支障が出ない限り許してやるつもりだった。

「ルオが一緒に行くんだ。ここはお前に残っていてもらわないと、ハオも困るだろう。それに何かが起こった時、お前の判断力を信用している」

「――ッ！」

ダンは顔を紅潮《こうちょう》させ、気をつけをするように身体を硬直《こうちょく》させていた。

驚いているようにも見える。

いったいなんだ、と思いながら、もう気にしている時間がもったいないとユイは馬に鞭《むち》をあてた。

「後を頼む」

「――っはい！」

高速移動する皇軍専用の馬車だが、最初は普通の馬車と同じ速度だ。

裏街道《うらかいどう》に入るまでは、皇都の街中を走るのだから当然だが、馬車の中でルオがぽつりと呟《つぶや》くのが聞こえた。

「――男たらしって、本当にタチ悪い」

ユイには、なんのことかわからなかったが、どうでもいいことかと聞こえないことにした。

7章 chapter.7

「降りろ」

男が言ったのは、まだ夜も明ける前だった。

馬車の揺《ゆ》れもお構いなしに高速で走り続けた馬車は、どこかの建物の前で止まったようだ。ディアは馬車に揺さぶられたことと、薬をかがされたせいで頭痛がひどく、顔も真っ青になり、まっすぐ歩くことも難しかった。

気分が悪いのは、馬車や薬のせいだけではないが、涙《なみだ》だけは止まっていた。

止まっても心は泣いていて、意識はぼんやりとしたままだ。

「チッ、商品を汚《よご》してんなよなぁ」

およそ清潔とは言えない格好をした盗賊《とうぞく》が、ディアの顔を見て舌打ちをするが、ディアにはどうでもよかった。

盗賊の不利益になるのなら、もっと自分の顔に傷をつけたいくらいだ。

「ほら、ちゃんと歩け。もう薬は残ってねぇだろ。客がお待ちだ」

「う……っ」

ディアは腕《うで》を取られ、引きずられるようにして堅牢《けんろう》な建物の中に入れられた。

ここがどこかもわからなかったが、馬車の止まった通りにはぽつぽつと街灯があった。雨でも降ったのか霧《きり》が出ていたが、少し白んでいることから夜明けが近いのだとはわかる。ただ、夜明け前に人が出歩いているはずもない。

助けを呼ぼうにも、目の前の建物と同じく頑丈《がんじょう》そうな家の並ぶ通りには、人の気配すらなかった。

中に入ると机と椅子《いす》がいくつも並び、食堂のような雰囲気《ふんいき》があった。明かりがひとつしか灯《とも》されていないのでよく見えないが、奥《おく》には厨房《ちゅうぼう》もあるようだ。

そこから階段を登ると、扉《とびら》が並んでいる。

その中のひとつに入ると、怒《おこ》ったような声に出迎《でむか》えられた。

「——待ちかねたぞ！」

部屋の中には大きな明かりがあり、隅々《すみずみ》まで見渡《みわた》せた。だから叫《さけ》んだ男の顔も、ディアにははっきりと見えた。

「——貴方《あなた》、は」

震《ふる》える声で、ディアは小さく呟《つぶや》いた。

相手を見知っていたからだ。

「なんだ、私を覚えているのか。頭のほうはなかなか悪くないようだな」

厭《いや》らしい顔を、男は歪《ゆが》めるように笑った。

ディアに対する評価はさておき、彼との邂逅《かいこう》はあまりに印象深い出来事で、ディアには忘れることなど出来ない。

男は、ユイと出かけた晩餐会《ばんさんかい》を主催《しゆさい》していた家の、カク・オウだった。

正直なところ、カクが印象的だったのではなく、ユイの言動が頭に残りそのきっかけになった相手、という記憶《きおく》しかないのだが、覚えていたのは確かだ。

どうして、と言いそうになって、ディアは自分が何をされるために攫《さら》われたのか、思い出した。

「まさか――貴方が」

ディアを買うとでもいうのだろうか。

攫われた人間は、どこか知らないところで、知らない相手に売られる。

その知識はディアにもあった。

ただ、ユイも知る貴族の男がそんなことをするなんて想像もしていなかっただけに、驚《おどろ》いた。

「あ、お前の飼い主はこの人じゃねぇよ。この人はただ手を貸してくれただけだ。お前の情報を手に入れるためにな」

「貴族の動向は貴族が一番よく知っておる」

にやりと笑うふたりに、ディアはどこが面白《おもしろ》いのかわからず、出来るだけ離《はな》れたいと盗賊の手が離れたことをきっかけに壁《かべ》に近づいた。

部屋の窓は閉まっている。しかもここは二階だ。入り口には盗賊の男が立ち、真ん中ではカクが立ったままディアを見ている。

逃《に》げ場《ば》などない、と改めて実感して、ディアは震えた。

「この人は良くしてくれたんだぜぇ。さすがに、リュウ家に匿《かくま》われたお前をもう一度攫うには、やみくもにうろつくだけじゃ無理だからな。いつ、どこへ行くのか、誰といるのか、それがわかるだけで、仕事は格段に早くなるってもんだ」

「私は難しいことはしていない。リュウ家のことを調べるなど、造作もない。それにユイのあの顔が、悔《くや》しさと惨《みじ》めさに歪むかと思うと、愉快《ゆかい》な仕事でもあった」

楽しそうな声に、ディアはさらに怯《おび》えた。

どうして――この人たちは、そんなに喜んでいるのだろう。

まるで自分たちのしたことは、何よりも素晴《すば》らしく誇《ほこ》れる仕事だと言わんばかりの態度に、ディアは不審《ふしん》に眉根《まゆね》を寄せる。

「どうして――そんな、私なんかを」

「一度貴族に渡《わた》ったお前にその価値があるか、と言われれば、まぁ前より半減しているとしか言いようがねぇが、お前だけは放置出来なかったんだよ。何しろ、母親を売り飛ばしたのも俺だ。これまでで一番高値がついた女なんだ。それとそっくりなお前なら、多少傷ものでも高く売れるだろうからな。それに一度手をつけた仕事は完遂《かんすい》しねぇと俺の矜持《きょうじ》が許さねぇ」

「私はこやつのような事情はどうでもいい。ただ、ちっぽけな魔力《まりょく》を持っただけで優遇《ゆうぐう》されるリュウ家のユイが、昔から気に入らなかっただけさ。同年ということもあって、事あるごとに比べられてきたが、あんな無礼で野蛮《やばん》なだけの男と、私が比べられることがまずおかしいだろう？　そのユイの気に入ったおもちゃを横取りしてやれば、どんな顔をするのか――ずっとそれが楽しみでな」

「情報をもらった礼に、一晩この方にお前を貸し出すのさ。新しい飼い主のところに行く前にちゃんとしつけてくれるっていうからな。わざわざ手間をかけてもらうんだ。ご褒美《ほうび》だと思って、お前も愉《たの》しめばいい」

「異人の娘《むすめ》など、オウ家には相応《ふさわ》しくないが、ユイの顔が歪むのを見るのは格別だからな。安心しろ、充分可愛《じゅうぶんかわい》がってやる」

いったい彼らは、何を言っているのか。

結局は、ディアはここで心を壊《こわ》されることになるのだろうと知っただけだ。

それでも、ふたりからの執着《しゅうちゃく》に頷《うなず》くことなど出来なかった。

「私――私は、母とは違《ちが》う……母に捨てられた娘だもの。価値なんて……そもそも、私はあの人のものなんかじゃない。アン様が良くしてくださったのは、同情してくださったからで、あの人は私に、なんの興味もないのに」

母に捨てられ、人を信じられず、養父まで亡《な》くし、盗賊に攫われたディア。

そんな境遇《きょうぐう》を、アンはただ哀《あわ》れんでくれただけだ。

哀れな娘を救えなかったと、一時は悔《く》やむかもしれない。

でもきっと、仕方のないことだったとすぐに忘れるはずだ。

アンたちには、与《あた》えられるだけ与えられて、優《やさ》しくされて、何も返すことも出来ず申し訳ないと思うが、彼女らはいずれまた、ほかに同情する相手を見つけるだろう。

そう思うだけで心が引《ひ》き裂《さ》かれるように辛《つら》かった。

でも、それが事実だとわかっているから、思いを振《ふ》りきるように叫んだ。

「私に――私に、価値なんて何もない！」

けれどディアの思いとは裏腹に、彼らは笑った。

ディアの気持ちを大声で笑い飛ばしたのだ。

「前に会った時は人形のようだと思ったが、ずいぶん人間くさくなってるじゃないか。お前に価値がないと？　あのユイが一緒《いっしょ》にいるだけで充分だ！」

カクは必要以上にユイに執着しているように見える。

あのユイ。

そう言われても、ディアにはほかのユイはわからなかった。

ディアと一緒にいるのが珍《めずら》しいほど、他の誰とも一緒にいない人なのだろうか。

「お前に価値があるかないかじゃねぇ。俺がちゃんと仕事をこなせるかどうか、の価値だ。間違《まちが》えんなよ。まぁただ、生娘《きむすめ》じゃないのが残念だな。せっかくもっと高値で売れるところだったのに。異人の女なら誰でもいいって男がいてな、買い手がいたことに感謝しろよ」

盗賊の男の言葉を理解して、頬《ほお》が熱くなる。

ディアは、すでにユイと関係があると思われているのだ。

そんなこと――そんなこと、あの人がするはずがないのに。

ディアは顔を真っ赤にしながら、怒《いか》りともなんとも言えない気持ちで胸が苦しくなる。

それにしても、先ほどから彼らの言い分はなんなのだろう。

自分たちが当然の行為《こうい》をしていて、まるでディアに非があるかのような言い方だ。

悪いことをしているのは、私じゃないのに――

しかし、ディアにこの状況《じょうきょう》をどうにか出来るはずもなかった。

「さぁ、夜が明ける前に大人しくさせてもらえよ」

「一晩の予定が数刻だ。まぁユイの手のついた女など、その程度で充分だがな」

もう時間はない。

悲しい――悔しい。

あの男の手を、この身に受けるのが嫌《いや》だ。

その手が、ユイではないことが、とても嫌だ。

ディアは近づこうとするカクを前に、自分の頭に手を伸《の》ばした。

武器も何もないディアだが、今日も髪には飾《かざ》りが、綺麗な簪《かんざし》がつけられていた。

ディアを着飾らせてくれたアンや、リュウ家の人たちの仕事で、とても似合うと喜んでくれたものだ。

それを手に取ると、面白そうに男が笑った。

「なんだ、それが武器のつもりか？　そんなおもちゃで、どうするというんだ？」

カクも、盗賊の男もディアの小さな抵抗《ていこう》を嘲《あざわら》っている。

しかし、ディアに出来る抵抗はこれだけだ。

「私は――私が、いなくなればいい」

ディアがいなくなれば、こんなことにはならなかった。

誰も傷つかないし、誰も苦しまない。

誰にも迷惑《めいわく》を掛《か》けないいし、誰に期待を持ち続けることもない。

ディアは簪を持った手を強く握《にぎ》り、自分の顔めがけて上から下に勢いよく振《ふ》り下ろした。

「――――ッ!!」

痛みが、熱になって顔に走った。

「――何してんだてめぇ!!」

「馬鹿《ばか》なことを！」

盗賊が、カクが慌《あわ》てて、そして怒っている。

その顔を見ただけで、ディアは心が晴れた。

この顔が商品だというのなら、商品など壊してしまえばいいのだ。

ディアの顔には、盗賊の男と同じような醜《みにく》い傷が走った。

流れるのは血だろう。

ディアは自分の服にもその血がついているのを見て、衣装《いしょう》を汚してしまったことを少しだけ後悔《こうかい》した。

せっかく、綺麗にしてもらったのに――

汚《きたな》い荷馬車に放《ほう》り込《こ》まれて、すでに汚れてしまっていたが、血の染《し》みは洗っても落ちないだろう。

「こんな――こんなおかしな女など！　切り捨ててしまえ！　醜い顔を私に向けるな！」

「商品を傷つけるなって言っただろうがぁ！」

まさに激高したふたりとは反対に、ディアは嗤った。

もう、商品にもならない。

これでいい。

自分のことだ。最初から自分でこうするべきだったのだ。

誰も信用しない。

つまり、誰にも頼《たよ》らない――誰かに、期待などしない。

そうすれば、心が痛むことなど、辛いと思うことなどなかったのだから。

このまま切り捨てられても、ディアは後悔しない。

カクの言い放った通り、盗賊がどこからか短い剣《けん》を抜《ぬ》き、ディアに向かってくる。

ああ、これで終われる――

そう思った時、低い声が聞こえた。

「誰が誰の商品だと?」

「――――!?」

息を呑《の》んだのは、部屋の中の誰だったのか。

全員だったのかもしれない。

ディアの耳は、聞《き》き違《ちが》えたかと思った。しかしこの声を、間違えるはずがない。

その瞬間《しゅんかん》、木で作られた扉が、反対側の壁まで吹《ふ》き飛《と》んだ。

反応したのは、盗賊だ。

入って来た相手に剣を向け、鋭《するど》く攻撃《こうげき》を仕掛《しか》けたが、長い足がその剣を跳《は》ね飛《と》ばし、身体《からだ》を回転させて逆の足が盗賊の身体を扉と同じ場所に吹き飛ばした。

「………………」

「――ユ、ユイ?! いったいどうしてここに――!!」

呆然《ぼうぜん》としたディアに対し、慌てたのはカクだ。

狼狽《うろた》え、顔を青くしている。

扉の下で動かなくなった盗賊の姿を見れば、そうなるのも当然かもしれない。

しかしユイの視線はディアに向いていた。

鋭い視線で睨まれ、怒られるのかと思ったけれど、不機嫌な顔は一瞬痛みを覚えたように歪んだ。

見間違いかと思った時には、ユイはもうカクのほうに向いていた。

「カク・オウ。好き勝手なことを言ってくれたな。お前の罪はひとつではないし、簡単に罰《ばつ》を与えて終わらせるつもりもない。皇子にも、引いては皇帝《こうてい》にも報告することになるだろう」

ユイの低い声は、いつもより低く聞こえた。

不機嫌《ふきげん》そうな顔は標準装備だが、険しさがいつもより増している気がする。

そのユイに対し、カクは狼狽えたものの、すぐに思い出したように後ろの壁に寄り、二度叩《たた》いた。するとそこがくるりと回転し、男たちが大勢部屋に入ってくる。

「――ふん、こんなところ、ひとりで来るはずがなかろう！　お前たち、ユイを叩きのめし――いや、殺してしまえ！」

カクは男たちの後ろに隠《かく》れて、ユイを指した。

それだけで、返事もなく男たちがユイを取り囲む。

慌てたのはディアだ。

しかし、ディアに何が出来るだろう。

ユイを助けたいけれど、自分の持つ武器は簪ひとつ。それも自分を傷つけるので精いっぱいのものだ。

それでもユイがただ、傷つけられるのを黙《だま》って見ていることなど出来ないと、踏《ふ》み出《だ》そうとした瞬間、いつの間にかディアの前に黒い人がいた。

カクの仲間かと思ったけれど、フードを被った顔は無表情なのに優しい目をしていた。

「――ルオ、さん」

「お待たせ。遅《おそ》くなってごめん。こんな傷を――つけさせるつもりじゃなかったんだけど」

ユイの同僚《どうりよう》であり、友人でもあるルオだった。

ディアの顔を見て、どこかしょんぼりしているようにも見える。

しかし、この傷は自分でつけたものだ。綺麗なだけの自分がこんな事態を引き起こし、誰かに迷惑を掛けるのなら、こんな顔なんてないほうがましだ。

「こんなものは――平気です」

「すぐに手当てを」

「あ、あの、でも、あの人、が――」

「あ、ユイなら平気」

ディアの心配をするくせに、ユイのことはまったく気にもしていないルオに、眉根が寄る。

顔を動かすと傷がさらに痛んだが、ユイへの心配のほうが勝っている。

「でも――」

「ちょっと怒りがすごすぎて。少しでも発散させてやらないと、後が大変だから」

「何を」

言っているのだろう、とディアが聞き返す前で、その意味は理解出来た。

魔術士《まじゆつし》が一流の軍人だと言ったのは誰だったたか。

だが、幼い頃《ころ》から皇軍で鍛《きた》えられているのだから、ほかの誰より武術に長《た》けているのは必然なのだろう。

ユイは自分を取り囲んでいた男たちを長い脚《あし》を振《ふ》り回《まわ》して一度引《ひ》き離《はな》すと、自ら近づいて二、三人まとめて蹴《け》り飛ばし、向かってきた男を捕《つか》まえて殴《なぐ》り、次の男の盾《たて》にしながら吹き飛ばしていた。

そこまで広い部屋だったわけではない。

少なからずあった家具は、ユイに吹き飛ばされた者たちによって粉々になってしまっている。大きな音が響《ひび》き、悲鳴や呻《うめ》き声が重なっているはずなのに、ディアにはユイしか見えていなかった。

ルオの言う通り、ユイの心配などする必要はまったくなかったようだ。

カクの差し向けた男たちはあっという間にすべて床《ゆか》に倒《たお》れていた。

ルオはそれらが生きているかを確かめて、どこからか取り出した縄《なわ》で縛《しば》っていっている。

「人手が欲《ほ》しい……」と呟いているが、ユイには聞こえていないようだ。

ユイはただひとり、残されたカクをじっと見ていた。

「——お、お、お前はっ、なんだ!? ただの時計を直すしか能のない魔術士だろう?!」

「情報は更新《こうしん》しろ。貴族として当然のことだろうが。いつまでも人が三歳児のままでいるはずがないだろう」

「——わ、私を誰だと——っふぐ！」

カクは何かを言いかけたが、その途中《とちゅう》でユイは足を振《ふ》り上《あ》げ、顔に落とした。

床に崩《くず》れ落《お》ちたが、カクは意識があるのか痛みを訴《うった》えて呻いている。

ディアは呆然とその様子を見ていたが、不意にユイがディアを振《ふ》り向《む》いた。

まっすぐにディアを射《い》抜《ぬ》くその視線に、ディアは固まった。

まったくもって、許しがたい。

ユイは怒りを抑《おさ》えきれなかった。

隣《となり》のルオが察して少し離れたほどだ。

ダンとルオの情報をもとに、サイエンに着いた後は貴族とヤンジーの商家の男を探した。

先に見つかったのは、商家の男のほうだった。

見つければ後は簡単だ。

軽く拘束《こうそく》して情報を聞き出すだけでいい。

幸いにも、男は素直《すなお》だった。

ルオが呆《あき》れた顔をしているが、事が早く進むのは悪いことではない。

ちょっと護衛たちを叩きのめし、男の顔だけを残して、身体を殴り尽《つ》くしただけなのに。

殺すのは情報を聞き出してからだ、とユイが迫《せま》ると、簡単に話し出した。

男によると、明日の夜、もう使われていない宿で商品の引《ひ》き渡《わた》しが行われると言う。

明日の夜というには、まだ時間がありすぎる。

どうやら、ユイたちはディアたちを追《お》い越《こ》して先にサイエンに着いたようだった。

皇軍の裏街道《うらかいどう》を走る馬車を、必要以上に駆《か》り立《た》てて走った結果だ。

魔術を掛けられているとはいえ、さすがに馬も疲労困憊《ひろうこんぱい》していたが、充分に休ませてやってくれとサイエンの門番に渡してある。

もう夜も明ける頃、ユイはルオと、男が話した宿に忍《しの》び込《こ》んだ。

時間差で着いていたのか、そこではちょうどディアがカクに引き合わされているところだった。

カクの言い分には、呆れるしかない。

いったい何を考えて生きれば、そんな行動に出るのか。

普段《ふだん》なら、自分に害はないと放置して気にも掛けないところだが、カクは一番許せないことをした。

盗賊の頭目の言動にも呆れるが、カクはユイのものに手を出したのだ。

そして、それに対するディアの言葉にもユイは目を瞠《みは》る。

興味がない？

価値がない？

そして――自ら傷をつけるなど。

ユイはいったい、誰に対して怒っているのかわからなかった。

ルオに抑えられ隠れていることが出来なくなっても、仕方のないことだ。ディアの言葉に動揺《どうよう》し、一瞬《いっしゅん》動けずむざむざ傷をつけさせてしまった自分が悔やまれる。

ユイの視線を受けたディアは、身体を硬《かた》くしていた。

真っ赤になった顔は無残なことになっている。

「ディア」

呼ぶと、硬い身体が揺れた。

その水色の、硝子玉《ガラスだま》のような瞳《ひとみ》に浮《う》かぶのは、怯《おび》えだ。

ユイを怖《こわ》がっているのか？

傷に痛みを覚えているのか？

それともこのすべてが、嫌になったのか。

ユイの足で、二歩も離れていない距離《きょり》のディアは、ユイの側には近づいて来ない。

怯えの中に、ディアはいた。

ちゃんと自分の意思を持って、そこに立っている。

人形には戻《もど》っていない。

辛い痛みを抱え、愚《おろ》かにも自分を見下し、自ら傷をつけたディア。

しかしその傷は、自分を護るための行動だ。

決して、もう一度人形に戻るつもりなどないという、意志の強さだ。

「ディア、お前の願いはなんだ」

「――――」

「お前の、望みはなんだ」

自分のために、出来うる限りの抵抗を考え、盗賊たちを怒らせるほどの意思を見せつけたディア。

もう二度と、感情のない人形になっているなどと、誤魔化《ごまか》されはしない。

そして想《おも》いを溢《あふ》れさせている水色の瞳を、見間違《みまちが》えたりなどしない。

「俺の言葉を忘れていないはずだ――お前の、望みを言え」

ディアの顔が歪んだ。

傷を負っても、血で汚れていても、ディアは綺麗だと思った。

苦しそうに歪んだ顔は、感情をすべて表していて、ユイには輝《かがや》いて見える。

「ディア」

もう一度、ユイが強く名前を呼ぶと、一度小さな唇《くちびる》を開いたディアは息を呑《の》み込《こ》み、閉じた。

けれど唇を噛《か》んだ後、大きく開いた。

「――愛してほしい」


痛みに歪んだのではない。

水色の瞳が潤《うる》んで、血の上から滴《しずく》が溢れ出している。

そして滲《にじ》んだ視界で、ユイを強く捉《とら》えていた。

ユイはたった二歩の距離を縮め、ディアを抱《だ》き寄せた。

「なら、俺の側から離れるな。お前の望みを叶《かな》えるのは、俺だと言っただろう。どんな願いだって、叶えてやると言ったはずだ」

強く抱きしめすぎたかもしれない。

なぜか、加減が出来なくなっている。

ディアはこんなにも、細かっただろうか？

小さかっただろうか？

腕の中に収まる存在を、腕を摑《つか》んで上を向かせる。

「――俺だけだ。ずっと俺の側にいろ」

「――――」

ディアの答えは声にならなかった。

ユイを見上げ、止まらない涙を溢れさせて、小さく頷いただけだ。

しかしそれだけで充分だった。

ディアの手が、ユイの服を強く摑む。

細い指だ。そして血に汚れている。

震える肩《かた》は、まだ止まらない涙のせいだろう。

もしかしたら、傷が痛いのかもしれない。

部屋を見渡したが、座《すわ》る椅子のようなものは残っていなかった。

隅《すみ》にはルオがカクの部下や、盗賊の頭目をまとめて積んでいるし、カク本人はまだ倒れたままで動ける様子はない。

「見せつけてる……」

ルオの呟きは放っておいて、仕方なくユイはディアを床に座らせる。

「ディア、じっとしていろ」

「……なに、を？」

「こんな傷をつくって……俺が助けに来ないとでも思っていたのか。そもそも、俺がお前に興味がないなどとどうして思う。人形じゃなくなったのはいいが、発想がおかしすぎる」

ユイは座らせたディアの顎《あご》を取り、顔をよく見た。

思いきり刺《さ》したのだろう。

傷は深く、放置していれば明らかに痕《あと》が残る。

痛いはずのディアは、顔を顰《しか》めてユイを見ている。

痛みで歪んでいるのではないらしい。

「――だって、あの時……っあの日、全然、私を見てくれなくなって……近づいてもくれなくて」


あの時、と言われて、ユイはすぐに思い当たった。

ディアから意図的に離れたのは、一度だけだ。

急に母に呼ばれた夕食の席だったが、ユイは仕事を終えたばかりだった。

そしてその仕事は、腐乱《ふらん》した水死体に触《ふ》れるというものだ。

洗ったとはいえ、そんなものを触《さわ》った手で、ディアに触れるのは躊躇《ためら》われた。

そしてあんな奴にディアが狙《ねら》われていたのかと思うと、無性《むしょう》に怒りが抑えられなくなって、目を見ることが出来なかった。

「お前は俺の婚約者《こんやくしゃ》だ。俺が護《まも》らなくて、ほかの誰が護るというんだ。そもそも俺は――皇子との約束を破るくらい、お前のことを想っている」

「――え？」

血まみれの顔であるのに、きょとんとしたディアを可愛《かわい》いと思った。

その頬に手を当て、ユイは身体の奥から熱を送るように力を解放する。

「え……っ」

ディアの声が驚いていた。

ユイが、傷を直しているからだ。

治すだけではない。

流れた血が意思を持つようにユイの手に、ディアの頬に集まり、傷の中に戻っていく。

真っ赤に染まった服も、染《し》みが消え元の色を取《と》り戻《もど》している。

最後に大きく開いた傷口は下から閉じていき、髪形《かみがた》すら母が編んだのであろう形に戻ると、攫われる前のディアがそこにいた。

ディアは自分の姿を見下ろし、手を確かめ、ユイを見つめて、自分の頬に触れる。

「な……」

声が出ないようだ。

傷を治したのではなく、ディアの身体の時間を巻《ま》き戻《もど》しただけだ。

病を治せないユイは、この力を使うのを皇子によって止められていた。

しかし、ユイのために自らを傷つけたディアを見て、使わないという選択肢《せんたくし》はなかった。

「な——っな、ど、どうっどういうことだ?!」

それまで静かに呻いていたカクが、ユイの力を見たのか驚いた声を上げている。

鬱陶《うっとう》しいと思いながらも振り向くと、腫《は》れた顔と口から血を流していたが、驚愕《きょうがく》している以外は無事なようだ。

まったく頑丈な男だ。

貴族である以上、殺すわけにはいかないとユイが手加減したせいかもしれない。

加減などしたくなかったが、そこだけはルオに念を押《お》されていたので仕方なくだ。

「お前っユイ！　貴様！　それはなんだ!?　どういうことだ!?　今何をした!?」

カクは自分の見たものが信じられないのか、ただ怒鳴《どな》りつけている。

ユイは一度息を吐《は》いて、仕方なく教えてやった。

「時間を戻しただけだ」

「な──貴様の力は！　時計を直すだけだろうが!!」

「馬鹿が。だから情報を更新しろと言うんだ。あの日、俺はまだ三歳《さい》だった。三歳の体力ではあれが限界だっただけだ。でなければ、三日三晩のたうち回った意味がないだろう」

ユイはカクを見下ろし、数歩で近づいた。

「な……なんだっ何をするっ!?　私に何かをしてみろ！　オウ家が黙っていないと──」

「オウ家には話をつけてある。俺が、リュウ家も見逃《みのが》すと思ったのか？　お前はオウ家とは関係のないただの男として、裁かれるだろう」

「まさか──まさか！　私は！　私はオウ家の跡取《あとと》りで──」

「お前を殺すつもりはない。ただ、俺のものに手をかけた報《むく》いは、受けろ」

ユイはカクの顔に手をかざし、摑んだ。

逃《に》げようともがく身体を圧をかけて押《お》さえつけ、もう一度手に力を込《こ》める。

「う、あ、やめ、やめろ、何を──!!」

ユイは全力で、カクに向かった。

「ユイ」

冷静なルオの声が聞こえた頃には、すべて終わっていた。

ユイが手を放すと、カクは床に崩れ落ちる。

そして生きていることに驚き、自分の手を見て驚き、その手で顔に触れて信じられないという目をユイに向けた。

カクの顔は、手は、姿は、皺《しわ》が多い老人そのものになっていた。

「なん……なんだ、これは、これは、こんなことは……っ」

「少しは自分で考えろ。俺の魔力は時間を操《あやつ》るものだ。巻き戻せるなら、進めることも可能だと考えつかないほうがおかしい」

ユイはルオを振《ふ》り返《かえ》り、殺していないと宣言した。

カクは自分の姿を知り、愕然《がくぜん》としていたが、そのうちに気を失って崩《くず》れた。

あまりに変わり果てた自分に、耐《た》えられなくなったのだろう。

しかし、カクのしたことを考えると、簡単に死ぬことは出来ない。皇子がそんな楽な罰《ばつ》を与えるはずがないからだ。

そして年をとった分、罰を与えられる時間は少なくて済むだろう。

むしろ感謝してほしいくらいだ。

「……こんな、力が」

ユイがもうカクに興味はないという顔でディアのもとに戻ると、ディアも驚いていた。

「言っておくが、これは母には秘密だ」

「どうして？」

「肉体の時間を巻き戻せる――なんて知って、母が黙っていると思うか？」

すぐにでも自分に使えと訴えるだろう。

あれでいて、父を好きすぎる母は、常に父の前では美しくいたいと思っているらしく、若く戻れるなら父のためにしろと言い出すはずだ。

そんなこと、面倒《めんどう》でしかないが、母が知るということは父も知るということだ。

母のことを溺愛《できあい》する父が、自分からもユイに圧力をかけ、最終的にユイが負けるのはわかりきっている。

ユイの考えがわかったのか、ディアは顔を強張《こわば》らせながら頷いた。

それに、ディアが傷ついていないままのほうが、母の精神安定上いいだろう。

おそらく、ディアの顔に傷がついたままなら、ジョセフィーヌの顔にも傷をつけそうな母だ。

「さて、サイエンの皇軍を呼んで、後始末をしようかな」

独り言のような大きな声を上げたルオに、ユイは後を任せることにした。

ルオは一足先にいなくなったが、部屋は倒れた男で溢れている。

ユイはディアを抱《だ》き上《あ》げて、隣の部屋へと移動した。少なくともここには、椅子がある。

自分がそこに座り、膝《ひざ》の上にディアを乗せる。

「――あの」

「じっとしていろ」

もう決して、ディアを離せるとは思えなかったからだ。

少なくとも、しばらくの間は。

ディアは少し躊躇ったものの、落ちないようにユイの服を摑んだ。

そして水色の瞳を潤ませたまま、ユイを見上げる。

「──ユイ」

ディアが笑った。

表情を歪めることで、目に感情を乗せることで、意思を表していたディアが、初めて笑ったのだ。

初めてユイの名前を呼んだその声にも、ディアの想いが溢れていた。

ユイが聞《き》き逃《のが》せるはずもない、感情という感情が、ディアの気持ちがすべて詰《つ》まっている。

ディアの笑顔は強烈だった。

すごい勢いでユイの感情を包み、おかしくさせる。

笑ったことは嬉しいが、ほかの者には見せたくないと独占欲が沸き起こる。それを抑えておくことなど出来ず、ユイは行動した。

「──────」

腰を屈《かが》め、小さな唇を塞《ふさ》ぐことで、自分の想いを返す。

これで、ディアはユイから離れられないだろうと確信しながら。

終章
epilogue

ジョセフィーヌが人形だった。

リュウ家に戻《もど》ってから、いろいろあったというのに、ディアが一番驚《おどろ》いたのはそれだった。

しかも一番愛《いと》しい、とアンに見せられたその人形は、ディアによく似ていた。

どうりで、人形のようにディアを可愛《かわい》がったはずだ。

納得《なっとく》しながら、笑いも込《こ》み上《あ》げてくる。

アンは、リュウ家の人々は、ディアに人形でいろと押《お》しつけない。

可愛い着せ替えだとは思っているかもしれないが、笑って、話して、時々怒《おこ》ったり悲しんだりしているディアを、一番喜んでくれているのを、ディアももう知っている。

ディアには詳《くわ》しいことは教えられなかったけれど、ディアを攫《さら》った男、盗賊《とうぞく》の頭目はその罪がすべて明らかになった後で、処分を受けるという。

これまで攫って売り払《う》い、人を人とも思わぬ扱《あつか》いをしてきた男には、相応の報《むく》いがあると、ユイは厳しい顔で教えてくれた。

ディアの誘拐《ゆうかい》に加担したカクは、オウ家からも、貴族からも除名され、その罪を贖《あがな》うために一生を過ごすという。

どんな過ごし方なのかはわからないが、ユイが嗤《わら》っていたので、聞かないままでいることにした。きっと正しい判断だ。

そしてディアはそのまま、リュウ家で生活を続けている。

何も返せないのに、こんな贅沢《ぜいたく》な暮らしは出来ないと言ってみたものの、これまで養父に助けられて生きてきたディアは、実際のところどうやってひとりで生きていけばいいのかはわからなかった。

それをわかっているアンが、ユイの婚約者《こんやくしや》として、成人するその日までちゃんと面倒《めんどう》を見ると言った。

それは、ディアを助け出したアンの務めでもあるし、魔術士《まじゆつし》でありながら貴族でもあるユイの妻となるには、いろいろと勉強することが多いからでもある。

ディアを最初の誘拐から助けてくれたアンは、突飛《とつぴ》な思いつきやディアだけのためにこんな善行をしているのではなかった。

ディアが意識しなかっただけで、ほかにも助け出した女性たちすべてに気を配り、その後も手助けし、何かあれば頼《たよ》るように、と心を配っていた。

そんな大変なことを、アンはなんでもないことのようにこなして笑う。

「やりたいからやるのよ。そして、私には出来る力があるからやるの」

その自信は、強い心はどこから来るのだろう。

一緒《いっしょ》にいて、少しでもアンから学べば、ディアももっといい人間になれるだろうか。

そう思うと、ディアはアンの側で学びながら暮らすことに不満はなかった。

やはりリュウ家の使用人たちは、ディアにやたら甘《あま》いのが心苦しいが、彼らが嬉しそうなのを止める術《すべ》を、ディアは今も知らない。

ユイの父であるベイや、兄とその妻であるジンとリンにも引き合わせてもらった。

貿易の仕事をしているベイと、それを手伝うジンは忙《いそが》しく、あまり家にはいない。だからアンに付き合ってくれるディアの存在を彼らは喜んでいた。

リュウ家の人々は、誰《だれ》もかれも優《やさ》しすぎる。

こんなに恵《めぐ》まれて、ディアはどこかに落とし穴があるのでは、と不安になるくらいだ。

いい人の筆頭は、もちろんユイだ。

ユイは最初にディアが攫われた時、一緒に誘拐されていた女性たちの足取りを追い、今は安全に暮らしていることを誰より早く調べて、ディアに教えてくれた。

攫われた時もディアにはどうすることも出来なかったが、ひとりだけ幸せになっていることに、どこかしら罪悪感を持っていた。しかしそれを誰かに言ったことはなかった。

でもユイだけは気づいてくれて、しかもそんな気遣《きづか》いを相変わらず不機嫌《ふきげん》そうな顔のままするものだから、自然と笑みが零《こぼ》れてしまう。

ユイは、ディアが笑うと、少し目が鋭《するど》くなる。

怒っているのではない。

何か、拒《こば》みきれない強い想《おも》いがそこにあるようで、ディアは目を逸《そ》らせなくなる。

初めて口付けをした時を思い出すと、今でも顔が熱くなる。

「まだ成人していないからな」

そう言って触《ふ》れるだけの口付けを、ユイは何度もした。

ディアはそれを、受け取ることしか出来ない。

自分が今、十六歳であることに少し感謝した。

成人してしまったら――どうなるのだろう。

きっと、結婚するのだろう。

それまでに、ディアはもっと素晴《すば》らしい人間になっていなければ。ユイの隣《となり》に並んで、恥ずかしくない女性にならなければ。

何より、ユイの想いを全部受け止められる強さを、持たなければならない。

それが一番難しいけれど――

ディアは今日も頬《ほお》を染めながらそんなことを考え、本の続きに目を落とした。

幼い頃《ころ》は母と逃《に》げ隠《かく》れて暮らし、文字を覚えるのも難しかった。

本を読めるようになったのは、養父であるモルのもとに来てからだ。しかしあまり出歩けないディアは、養父の持っている本しか読むものがなかった。

それらはすべて、神教に関することばかりだ。

ディアは神教が悪いとは思っていない。

清貧《せいひん》な生活に努めるのは、悪いことではない。

しかし、他の教徒のように、盲信的《もうしんてき》に神教の教祖を、神を崇《あが》めたいとは思ったことがなかった。

リュウ家に来て、膨大《ぼうだい》な量の書籍《しょせき》を持つ図書室に出入りが自由だと言われたのは、嬉しかった。

そして勉強のために、たくさん本を読みなさいと勧《すす》められ、どの本を読むのも楽しかった。時間さえあればディアは本を読み、いろいろなことを学んでいる。

今日は朝からアンは出かけていて、ディアはひとりの時間を利用して図書室に籠《こも》りきりだった。

そこへ、使用人が声をかけてきた。

「ディア様、もうすぐユイ様がお帰りです」

「ユイが？」

皇軍の庁舎に独身用の寮があり、ユイは基本的にまだそこで寝泊《ねとま》りしている。

しかしディアのために、出来るだけ実家であるリュウ家に戻って来てくれていた。

それも普通《ふつう》は仕事を終えた、夜だ。

こんな昼間に戻って来るのは珍《めずら》しいと、ディアは急いで本を閉じて棚《たな》に戻し、部屋に戻る。

ユイが来るならお茶やお菓子《かし》の用意を——と思っていたが、すぐにそのユイが現れた。

「ディア」

「ユイ——お帰りなさい」

低い声は、冷ややかで感情がないようにも聞こえるのに、ディアにはとても優しい声音《こわね》になって届く。

特に、名前を呼ばれるのが好きだった。

顔が赤くなってしまうのは、一番甘い声に聞こえるからだ。

「今日は——」

「今日は、お前に会わせたい人を連れてきた」

どうしたの、と聞く前に、ユイに遮《さえぎ》られて目を二度瞬《またた》かせる。

「あの盗賊を調べていて、いろいろわかったことがある。ルオは、そういった調べることに最適な力を持っているが、それでも少し時間がかかってしまったが……」

「ルオさんが……？」

ユイの友人であるルオは、ディアにとっても恩人のひとりだ。

妻のララや、もうひとりの同僚《どうりよう》であるシェイとリイファの夫婦《ふうふ》にも、とても仲良くしてもらっている。

ディアがユイに助けられた後、膝《ひざ》の上に抱《だ》っこされた状態にもかかわらず、駆《か》けつけてくれたリイファはとても心配して、無事なことを喜んでくれていた。シェイはなぜか、にやにやして黙《だま》ったままだったが。

お礼を言っても言い足りないのに、まだルオはディアのために何かをしてくれたのだろうか。

もうディアは、充分《じゅうぶん》すぎるほどしてもらっている。

これ以上は、と思うディアに、ユイは後ろを気にして振《ふ》り返《かえ》る。

扉《とびら》が開いて、まだ誰かが入って来ようとしていた。

「最終的に、隣のセイアンまで行ってきたからな。時間がかかって当然だったし、ここに連れて来るまでにいろいろあったが——まずは、顔を合わせるといい」

「ユイ……？　いったい、誰、が」

ディアは首を傾《かし》げながら、ユイは誰を連れて来たのだろう、と不思議に思って入ってくる人を待った。

そこでディアは、息が止まった。

思考も止まった。

何も考えられなくなった後で、一気に記憶《きおく》が甦《よみがえ》り、感情が溢《あふ》れ目が潤《うる》んで、視界が緩《ゆる》む。

「お――おかあ、さん？」

「ディア……」

そこにいたのは、ディアの記憶にあった時より数年年をとり、しかしディアとそっくりな金色の髪《かみ》と、水色の瞳《ひとみ》を持つ母のダナだった。

着ている服が、皇国のものではない。おそらくこれがセイアンの服なのだろう。

立っている姿を見る限り、元気に生きていて、どこも傷ついてはいない。

無事でいた。

生きていた。

ディアを呼んだその声は、記憶にあるまま、優しいものだった。

そして一歩踏《ふ》み出《だ》すと止まらず、母はそのままディアに駆《か》け寄《よ》り、しっかりと抱きしめる。

「ディア」

もう一度名前を呼ばれた。

温《ぬく》もりが確かにある。

夢ではない。

ディアの顔の側に、母の顔がある。

いつもは見上げていたのに、不思議な気持ちだが、母だった。母に違《ちが》いはなかった。

「――お母さん、お母さん……っ」

どこにいたのか、何をしていたのか、どうしてディアを迎《むか》えに来てくれなかったのか。訊《き》きたいことばかりなのに、ディアは涙《なみだ》が零れるばかりで、抱き返した腕《うで》にある母のぬくもりに、しがみつくことしか出来なかった。

その答えを教えてくれたのは、やはりユイだ。

母娘《おやこ》の抱擁《ほうよう》を気が済むまでさせてくれたユイは、お互《たが》いの涙が止まった頃、説明してくれた。

母は隣国《りんごく》のセイアンで隠れるように暮らしていたらしい。

「貴女《あなた》を手放したのは、目をつけられていた盗賊から、逃げられないと思ったからなの」

そう言った母は、ディアを養父のもとに預けた後、盗賊に捕《つか》まり、サイエンで売られたらしい。買った男は酷《ひど》い男で、母は動けなくなるほど傷つけられたと言う。

そこを助けてくれたのが、セイアンに住む商人で、ちょうどサイエンに来ていたサクという男だった。

サクに助けられ、そのまま身を隠すようにセイアンに連れ出された。

母の負った傷は思ったよりも深く、数年は寝台《しんだい》から下りることも叶《かな》わず、そして傷が回復してからは体力がずいぶんと落ち、気楽に動ける状態ではなかったらしい。

サクは母を想い、大事にしてくれたようだ。

そして母もサクを想い、いつかディアを迎えに行くことを強く願っていた。

しかし事態は唐突に動いた。

ディアが盗賊に見つかり誘拐され、アンやユイに助けられた。

そしてルオがそこから、母を調べて見つけるに至り、セイアンまで迎えに行ってくれたのだと言う。

本当に、ルオさんには頭が上がらない……！

ディアは驚き、母も驚いたと言った。

「最初は、インロンの軍人が来たって、サクもかなり警戒《けいかい》して……私を護《まも》ってくれようとしたのだけど、ルオさんはあっという間に私のところへ来て、ディアのことを教えてくれたの。それに道中が危なくないように護衛まで手配してくれて、まるでお姫様になった気分だったわ」

そう言って笑う母は、相変わらず綺麗だった。

サクが夢中になるのもわかる。

「何より――ディア、貴女が幸せでいてくれて、無事でいてくれて、本当に嬉しい。ユイさんにも、本当に感謝しかないわ……私は結局、貴女を迎えに行くことが出来なかったのだもの」

「――ううん。ううん、お母さん」

ディアは、母がいることが嬉しい。

生きて、笑っていてくれることが嬉しい。

ディアとの約束を、覚えていてくれたことが嬉しい。

その気持ちを、全部伝えるには難しいかもしれない。

そして何より、ディアが気持ちを伝えたいのは、ユイだ。

いったいユイは、どこまでディアのことをわかってしまっているのだろう。

どこまでディアを幸せにしたら、気が済むのだろう。

「ユイ――」

隣に座《すわ》ったユイは、ディアの想いをすべて受け止めてくれる。

何も言わなくても、わかってくれている。

そんな人は、どこを探してもほかにはいないだろう。

「ありがとう、ユイ」

「俺の勝手でしたことだ」

ディアの想いを知りながら、そんなふうに言ってのけるユイに、ディアはますます夢中になってしまう。

母の前でも、想いが止められず、身体を寄せて服をぎゅっと摑《つか》んだ。

するとユイは、簡単にディアを抱《だ》き上《あ》げて、また膝の上に座らせた。

母の前で、と顔を赤くするものの、こうなったユイがディアを離《はな》すことはないともう知っている。

母の温かい視線が恥《は》ずかしいが、ディアも本当は嬉しいから止めてとは言えない。

「――もう」

それでも、少しでも恥ずかしさを知ってほしいと、小さく文句を言うと、ユイの手はディアの頬を撫《な》で、しっかりと抱きしめた。

「――あと二年か」

小さな呟《つぶや》きは、ディアにだけ聞こえた。

その意味を、ディアはもう知っている。

そんなこと、言わないでほしい――

向けられる想いに、ディアも我慢《がまん》が出来なくなりそうだった。

こんなに幸せで、どうしよう。

贅沢な思いを巡《めぐ》らせながら、ディアの次の望みは、もう決まっていた。


きっと、私は、ユイと――

終

あとがき

Atogaki

ユイとディアの物語を手にしてくださって、ありがとうございます。

実はスピンオフのスピンオフという本なんですが、これ一冊でも大丈夫《だいじょうぶ》な物語です。でも、前のお話が気になる、という方、二冊ほど出ておりますので、どうぞよろしくお願いします（宣伝）。この本にも登場します、ユイの友達の物語です。

ファンタジーと呼ぶにはあまり魔法《まほう》が主役でない物語ですが、恋をするふたりを妄想《もうそう》するのがめっちゃ楽しかったです。それもこれも、私が脇役《わきやく》スキーだからでしょうか。スピンオフのスピンオフなんて、夢の物語のようでした。（笑）

ヒーローであるユイはむっつりさんです。真面目で硬《かた》い男なんですが、むっつり。対してヒロインであるディアは純粋《じゅんすい》で素直《すなお》な女の子。ユイに鍛《きた》えられてこれから頑張《がんば》って……頑張って、メロメロにされるんでしょう。ユイがめっちゃ楽しそうなのが目に浮《う》かびます。

不機嫌《ふきげん》でいながらむっつりさんなんて私には楽しいものでしたが、一般的《いっぱんてき》にはどうなんだろう、と今更《いまさら》ながらに考えてみますが、同じように楽しんで貰《もら》えれば幸いです。

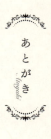

テンションは私が一番高いんですが！

考えれば考えるだけ妄想が広がってしまって、今回結構時間がかかってしまい、担当様には本当お世話になりました……無事ここまでたどり着けたのは担当様のおかげです。

あと、この世界に華《はな》を贈《おく》ってくれたような華麗《かれい》な絵を描《えが》いてくださった七里慧《しちりけい》さま！

本当に嬉《うれ》しいです！（私が）すごく興奮しました！（私が）

こんな格好良いユイがあんなことやこんなことを！　とか考えると……大変です。まだ妄想が止まりません！

このあとがきを書いている時、世間は猛暑《もうしょ》で暑くて外に立つだけで倒《たお》れそうです。

西日本では大雨による災害があり、中国地方に住む私としても他人ごとではなかったのですが、今は平常運転で暮らせる私からすると、まだ避難《ひなん》生活を送られている方々がとても心配です。

どんな支援《しえん》が出来るかと考えてはおりますが、少しでも早く、普通《ふつう》の日常を取り戻せるように、お祈《いの》り申し上げます。

私も、皆様《みなさま》も、猛暑を乗り切れていることを祈《いの》って

秋野真珠《あきのしんじゅ》

■ご意見、ご感想をお寄せください。
《ファンレターの宛先》
〒102-8078 東京都千代田区富士見 1-8-19
株式会社KADOKAWA ビーズログ文庫編集部
秋野真珠 先生・七里慧 先生

ビーズログ文庫

■本書の内容・不良交換についてのお問い合わせ。
エンターブレイン カスタマーサポート
電　話：0570-060-555
（土日祝日を除く 12:00〜17:00）
メール：support@ml.enterbrain.co.jp
（書籍名をご明記ください）

◆アンケートはこちら◆
https://ebssl.jp/bslog/bunko/enq/

不《ふ》機《き》嫌《げん》な魔《ま》術《じゅつ》士《し》とあるまじき婚《こん》約《やく》

秋野《あきの》真珠《しんじゅ》

2018年9月15日 初刷発行

発行者　三坂泰二
発行　株式会社 KADOKAWA
〒102-8177 東京都千代田区富士見 2-13-3
（ナビダイヤル）0570-060-555　URL:https://www.kadokawa.co.jp/
デザイン　Catany design
印刷所　凸版印刷株式会社

ISBN978-4-04-735293-3 C0193

定価はカバーに表示してあります。

ビーズログ文庫

人の記憶を覗くことができる力を持つ魔術士を暗殺するべく雇われた少女・ララ。ところが、いざ彼を傷つけようとするも……一目で彼に心を奪われてしまう。一方のルオも、愛らしいララの姿に一目ぼれ!! 妄執な愛は、純愛に変わる——のか!?